사랑이라는 이름의
모든 관계에

지친
당신에게

사랑이라는 이름의
모든 관계에
지친
당신에게

오타 아스카

지음

김영주

옮김

이노다임북스
Innodigm Books

· · ·

나의 가족,

가족이 될 수 없었던 사람,

가족이었던 사람들.

목차

실패

가족을 만드는 일에 실패했다.

20대 시절, 띠동갑 이상 나이 차가 나는 사람과 결혼을 하고 2년도 채 못 가서 이혼했다. 그 일은 내 마음을 무겁게 했다. 나는 가족이라는 존재를 애정으로 연결된 관계라고 생각했다. 그러므로 결혼에 실패했다는 것은 다른 이를 사랑하고 사랑받는 일에 실패한 것이라고 여겼다.

사랑에 실패했다는 건, 한 인간으로서 무엇인가가 결여되었다는 것을 의미하는 것 같아 받아들이고 싶지 않았다.

많은 사람이 그렇듯 나 역시 사랑을 좋은 것이라고 믿어 의심치 않았다. 하지만 실제로는 어떠했던가. 내 어머니의 사랑은 바다 같이 깊고 넓지만, 그 사랑에 익사할 뻔한 적이 몇 번이나 있었다. 어머니는 내가 괜찮다고 해도 계속해서 사랑을 쏟아부었다. 전남편은 내가 사랑으로 망쳐버렸다. 돈, 일, 부모와의 관계, 그 모든 것을 용서해야 한다고 생각해서 무리하면서까지 받아들였더니 점점 망가져 갔다.

이 이상 더 사랑할 수 있을까 싶은 사람도 있었다. 하지만 사랑을 해도 항상 함께할 수 없다는 사실에 지치고 말았다.

쉽게 깨지고 부서지는 사랑에 두려움이 생겼다. 전남편에게 폭력을 당했을 때, 그 단 한 번의 폭력을 계기로 나는 나 자신이 조금도 사랑받고 있지 않음을 깨달았다. 내 사랑은 눈 깜짝할 새에 텅텅 비어버렸다. 사랑에는 수지收支가 있다. 일방적인 사랑은 어느 한쪽이 지칠 수도 있고, 누군가를 망치고 힘들게 만든다. 사랑이란 무한하지 않아서 한없이 주기만 할 수는 없고 반대로 받기만 하는 것도 부채감이 쌓인다. 사랑은 잘 조절하지 않으면 타인에게 상처를 줄 수 있는 것이라는 사실을 알았다.

가족을 사랑으로 연결된 관계라고 보게 되면, 또 같은 실수를 저지를 것 같아서 두렵다. 사랑이라는 말로 다른 사람의 마음이나 행동을 속박할 수는 없다. 가족이라고 해서 사랑을 이유로 무슨 일에든 개입해도 되는 것은 아니다.

앞으로는 사랑이라는 말에 너무 기대지 않으려 한다. 나와 새 가족 사이에 혈연이나 사랑 이외의 무엇인가로 연결되는 것이 있다면 그것은 뭘까? 그 무엇인가를 평범한 생활 속에서 찾아 나가고 싶다.

내 고향

내 고향 마을은 강을 거슬러 올라간 원류에 가까운 산 중턱에 있다. 집이 일곱 채, 그중에 두 채는 완전한 빈집이다. 골짜기에 있는 마을을 요리조리 누비듯이 강물이 흐르고 그 주위에 드문드문 집이 있다.

찾아오는 사람은 거의 없으며, 우편배달 말고는 일주일

에 한 번 어촌에서 어부가 경트럭을 타고 산을 넘어 생선을 팔러 왔다. 산 너머에는 바다가 있어서 화창한 날에는 이따금 뱃고동 같은 소리가 들려왔다.

봄에는 산벚나무가 일제히 피었고, 여름에는 강가에 반딧불이 날아들었다. 가을에는 잘 익은 벼 이삭이 황금빛으로 물들었다. 맑고 쾌청한 겨울날에는 마른 총소리가 산에 울려 퍼졌다.

정확히 언제부터 사람이 살고 있었는지는 분명하지 않다. 오래된 흔적으로, 에도시대 후기의 묘비를 몇 군데 볼수는 있다. 누군가는 농담 섞인 말로 헤이케(가마쿠라 막부 시대의 쭈다이라 성을 가진 집안을 가리키는 말 _옮긴이)의 도망자마을이라고 하는 사람도 있었다.

쇼와 30년대(1950년대 중후반부터 1960년대 초반 _옮긴이)까지는 숯을 굽는 사람이 많았다. 전기와 가스가 보급되고 숯의 수요가 줄어들자, 먹고 살기가 어려워져 몇 명인가 산에서 내려갔다. 게다가 저수지를 조성한다는 계획이 세워져 그 예정된 부지에 살고 있던 사람들도 다른 토지를 받고 산에서 내려갔다. 남은 건 여섯 채였다.

이런 작은 마을이지만 기억에 남을 만한 일들이 몇 가지 있었다. 제일 처음 빈집이 된 곳은 마을 입구에서 가까운 집이었다. 30년쯤 전의 일이다. 그곳에는 도회적인 분위기의 우아한 노부인이 살았는데 인형이었나, 종이를 찢어 붙인 그림이었나 하는 것을 잘 만들어서 자주 공민관(일본의 평생교육 관련 자치 시설로 지역 주민들의 사회교육과 생활 향상에 기여하는 종합적인 사회교육 시설 _옮긴이)에 장식되곤 했었다. 이 근방에서는 보기 드문 철근 콘크리트로 지어진 집으로, 주위보다 약간 높은 지대에 있는 집의 앞마당은 점점 밭처럼 변해 매실이라든가 복숭아가 심어져 있었다.

관리가 잘 된 예쁜 마당이었는데 사람이 없어지니 순식간에 황폐해졌다.

그로부터 5년 후쯤, 규슈에서 숯을 굽는 장인의 일가족이 마을 깊숙한 안쪽으로 이사를 와서 집을 짓고 한동안 숯을 구웠던 적이 있었다. 그러나 몇 년 후 그 집에 비극이 일어났고 그들은 고향으로 돌아갔다.

또 어떤 집은 빚 문제로 갑작스럽게 마을을 떠났다. 그후 외국에서 살고 있다는 소문이 돌았다. 가끔 돌아오기도 하는 모양이지만 확실한 것은 아니다. 숯 장인의 일가족 사건도 마을을 떠난 사람들의 이야기도, 전부 내가 집을 나온 뒤에 일어난 일이라 가족에게 전해 들은 이야기다.

우리 엄마는 그 마을의 제일 깊숙한 곳에 있는 집에서 쇼와昭和 31년(1956년 _옮긴이)에 태어나 쭉 그곳에서 자랐다. 니시미야의 간호학교에 진학했다가 다시 고향으로 돌아왔다. 스물다섯 살이 되던 해에 한 살 연하인 아버지와 쇼와 56년(1981년)에 중매결혼을 하고 두 아이를 낳았다. 외삼촌은 쇼와 22년(1947년)생이다. 출생 당시의 사고 후유증으로 말을 하지 못한다. 외삼촌을 낳아준 생모는 죽었다. 외삼촌은 한 번도 다른 데서 살아본 적이 없고 줄곧 우리 집에서 살았다. 우리 집 농사일을 거드는 것 외에, 동네 철공소 일이나 숯 굽는 일을 돕고 신문 배달을 하며 돈을 벌기도 했다.

 이렇게 작은 마을인데도 사실은 의외로 타지 사람이 많았다. 아버지 외에 내 조부모님들도 그러했다. 할아버지는 다이쇼大正 12년(1923년)생으로, 소학교를 졸업하고 포목점의 견습생으로 보내졌다. 아버지가 보여준 군 관련 기록에 따르면, 할아버지는 쇼와 17년(1942년)에 해군에 입대해 해군 공기 학교, 잠수학교를 거쳐 종전終戰이 되던 해에는 잠수함을 타고 있었다. 할아버지는 중학교에 다니지를 못했는데 그래선지 해군학교에서는 공부를 따라가지 못했다고 말씀하셨다. 전쟁이 끝나 병역이 해제된 후, 이 집안에 데릴사위로 들어왔다.

할머니는 쇼와 2년(1927년)에 태어나 쇼와 30년(1955년) 무렵에 할아버지의 후처로 이 마을에 시집을 왔다. 할머니는 옛날 기질에 고지식한 면을 가진 분이라 자신의 이야기를 쉽게 하지 않으셨기에 상세한 사정에 대해서는 잘 모른다.

매년 백중 때마다 우리 집에 성묘하러 오는 할머니가 계셨다. 할아버지의 전처 여동생이다. 그분이 오시면, 할머니와 할아버지는 마치 빌려온 고양이처럼 얌전해지셨다. 뭔가 약점 같은 것이 있었는지도 모르겠다.

내가 철이 들기도 훨씬 전에 마을에는 쇠퇴기가 찾아왔다. 내가 보낸 18년간의 세월은 마을이 최후를 맞이하는 시기였던 것 같다. 엄마가 어릴 때 체험했다던 축제는 이미 없어진 지 오래였고, 아이가 있는 집은 우리 집뿐이었으며 나머지는 노년에 접어든 사람들이 대부분이었다.

이 여섯 가구라는 것은 아마도 마을을 아슬아슬하게 간신히 유지할 수 있는 정도의 노동력이었던 것 같다. 일요일마다 모여서 풀베기나 도로 청소 등을 했었는데 그마저도 내가 마을을 떠날 무렵에는 없어졌다.

내가 집을 떠나기 전후 무렵부터는 이상 기후 현상이 증가했고 수해도 늘어났다. 산의 자태나 마을의 모습도 어린 시절에 보던 것과는 완전히 딴판이었다. 그때까지는 볼 일이 없었던 멧돼지나 노루가 대낮에도 마을로 내려오기도 했다. 푸릇푸릇하게 자란 풀밭을 거의 다 먹어치운 바람에 논두렁길에는 노루가 싫어하는 바늘꽃만이 눈에 띄게 되었다. 그리고 그와 반비례하듯 논을 둘러싼 울타리는 해마다 더 거대해져 갔다. 할아버지가 쌓은 돌담

은 수해로 무너졌고, 수리하지 않고 그대로 방치된 부분
이 늘어갔다.

지금 이 마을에 남아있는 사람은 네 가구 여덟 명. 그중
에 다섯 명이 65세 이상이다.

먼 곳으로
떠나고 싶다

나는 예전부터 엄마의 존재가 부담스러웠다.

줄곧 그랬다.

특히 10대 후반부터

다른 집보다 간섭이 지나치다고 생각했다.

그만해줬으면 하는 일을 멈춰주지 않는다.

무엇인가를 자꾸 주려고 한다.

그것도 나에겐 필요 없는 것들을.

스스로 생각하고 결정하고 싶다고 아무리 말을 해도

옆에서 자꾸 이런저런 참견을 해 와서

내 머리로 생각할 수 있는 시간을 주지 않는다.

기다려주지 않는다.

내가 결정한 일에 대해서도 뭐라고 꼭 한마디를 하신다.

그런데 그 한마디는 엄마의 입장에서 이해할 수 있는 것이고

"이렇게 됐으면 좋겠다"라고 바라는 것이지

내 의견을 반영한 것이 아니다.

뭔가를 하려고 하면,

부탁하지도 않았는데 마음대로 먼저 돈을 주려고 한다.

그것은 물론 감사해야 할 일이겠지만

왠지 고마움을 강요하는 것 같다는 생각이 든다.

그 돈을 받으면 엄마의 의견도 함께 반영해야만 할 것 같은

그런 기분이 들어서 순수하게 받아들일 수가 없다.

그래서 전혀 기쁘지가 않다.

끝까지 해내야만 한다는 의무감과

은혜를 갚아야 한다는 생각에 나는 늘 사로잡힌다.

언제나 내가 가려는 길이 가로막혀 있는 듯한 기분이 든다.

내가 멀리 가려고 할 때마다

충고, 걱정, 돈 등으로 형태만 바뀔 뿐이지

보다 강력한 힘으로 엄마는 나를 붙들어두려 한다.

그러다 보니 막상 나가려고 하면, 강렬한 죄책감에 사로잡혀

결국 아무것도 할 수가 없다.

죄책감은 의존으로 바뀌고

나도 그곳을 벗어나는 것에 불안을 느끼게 된다.

왜 다른 집 아이들처럼 나를 좀 더 풀어놔 주지 않는 걸까.

실패했을 때, 잘못된 선택을 했다고 생각했을 때

엄마가 나에게 시간을 주지 않았기 때문이라고,

쓸데없는 참견을 했기 때문이라고 엄마를 원망했다.

그러자 그 모든 일을 결정한 사람은

바로 나 자신이라고 하는 말이 돌아왔다.

그건 맞는 말이다.

결정한 사람은 나고

결정하지 못했던 것도, 잘못된 선택을 했던 것도 모두 나다.

나의 나약함 때문이다.

하지만, 가족을 핑계로 그 시골구석 작은 집에

내 마음을 묶어두려고 하는 건 비겁하다고 생각한다.

그래서 나는 점점 더 먼 곳으로 떠나고 싶다.

멀리 떠나지 않으면

엄마는 내가 별개의 인격체라는 사실을 이해하지 못할 테니까.

이를테면 내가 아이를 좋아하지 않는다는 것,

가족이라든가 핏줄 같은 것이 세상에서 가장 존귀한

가치관이라고 생각하지 않는 것,

그런 것들을 알아줬으면 좋겠다.

하지만 엄마는 아마도 이해하지 못할 것이다.

이해하지 못하니까 자기 마음대로 납득하려고 한다.

이해할 수 없다면 그냥 내버려 두면 좋을 텐데

엄마는 당신 멋대로의 논리로 이해하는 세계 속에

나를 가두려고 한다.

그래서 엄마와 만날 때는

엄마가 이해할 수 있는 나를 연기해야 하기 때문에

가슴이 답답하다.

먼 곳으로 떠나고 싶다.

엄마의 목소리가 닿지 않는 곳으로.

그렇게 하지 않으면 시간이 아무리 흘러도

나는 내 진짜 속마음을

알 수 없을 것이다.

엄마의 목소리가 닿는 곳에서는

언제까지고 엄마의 가치관에 억눌리게 될 것 같다.

엄마의 가치관이라고 하는 것은

엄마의 내부에 있는 것만이 아니다.

나를 키우고 엄마를 키웠던

그 조그만 섬마을의 규범과 똑같다.

여자는 잠자코 있으라느니 젊은 애들은 가만히 있으라느니

친지 모임이며 집안이며 조상 묘를 중시하라는

그런 말들을 들을 때마다

나는 분노로 온몸이 끓어오를 것 같다.

틀린 말은 아니겠지만,

내가 선택하지 않은 성性

내가 선택하지 않은 고향

내가 선택하지 않은 시대

그런 이유로 침묵을 강요당하고 의견을 억압받는 것은

불합리하다.

그런 불합리함에 머리가 터질 듯해 모두 입 다물라고

소리치고 싶지만

그러지 않으리라는 것을 알고 있기에

모든 것을 버리고 나는 더 멀리멀리 떠나고 싶어진다.

엄마의 목소리가 자꾸만 머릿속을 맴돌아

아무것도 결정할 수 없었다.

엄마가 이끄는 힘에 이끌려 내내 끌려다니기만 했다.

그럴 수밖에 없었던 이유는 비난받고 싶지 않다는

마음에서였다.

그래서 그 순간을 모면하기 위해 수긍한 척하는 어리석은

생각이 있었기 때문에,

또한 죄책감에 휘둘리는 나약함이 있었기 때문이다.

은혜도 모르고 매정하다는 말을 듣고 싶지 않다는

비겁함이 있었기 때문이다.

그렇기에 엄마의 목소리에 휘둘리지 않는 사람,

엄마의 목소리를 애초부터 크게 신경 쓰지 않는 사람.

그런 강인함을 가진 사람들이 부러워서

이번엔 그런 질투심에 사로잡혔다.

그렇게 해서 나는 타인의 목소리에 휘둘리고

내가 정말로 원하는 것이 무엇인지 알지 못하는

나약한 사람이었다.

언제까지고 나약한 자신에게 지고 싶지는 않다.

그렇기에 나는 점점 더 먼 곳으로 떠나고 싶다.

엄마의 목소리가 닿지 않는 곳으로 가고 싶다.

간청도 감상도 죄책감도 모두 던져버리고

저 멀리 떠나고 싶다.

멀리 떠나지 않으면 나는 나의 인생을 살아낼 수가 없다.

나는 내 인생을, 이 두 손안에 꼭 움켜쥐고

한 걸음 한 걸음 멀리 나아간 그 자리에서

이번에는 내 목소리를 널리 울려 퍼지게 하고 싶다.

엄마처럼은
살 수 없다

생각해 보면 엄마는 늘 다른 사람을 보살피기만 했다. 나와 남동생이 어릴 때는 자식을 보살폈고, 할아버지와 할머니가 살아계실 때는 몸이 약한 할머니를 병간호하면서 일주일에 한 번씩 병원을 모시고 다녔으며, 할아버지가 쓰러진 이후에는 재택 간호를 했다. 거기다 장애가 있는 외삼촌까지. 할머니를 간호한 사람도, 할아버지를 간병

한 사람도 엄마였다. 두 분 다 집에서 임종을 맞이하셨다.

할머니의 죽음은 갑작스러웠다. 할머니는 이불을 널려다가 넘어져 골절을 당했다. 지병인 심장병이 있어서 평소에도 항상 신중하셨던 할머니로서는 참 의외의 일이었다. 우리 집은 약간 높은 지대에 있는데 그 앞쪽으로는 비탈길이 나 있다. 그 옆에 주차장과 농작물 작업용으로 사용하는 작은 마당 같은 공터가 있다. 그날은 어쩐 일인지 할머니가 이불을 널었다. 거기서 넘어지는 바람에 골절이 됐다. 그리고 며칠 후 돌아가셨다. 원인은 불명. 하필이면 급소를 받혔던 건지도 모르겠다. 발견자는 엄마였다. 음식을 가지고 방으로 갔더니 이미 호흡이 없었다고 한다. 이모의 말로는 엄마가 인공호흡까지 했지만, 할머니의 호흡은 다시 돌아오지 않았다. 할아버지는 폐공기증을 앓아 산소흡입기 없이는 생활할 수 없어진 이후로 행동반경이 서서히 좁아지더니, 한 번 집에서 넘어지고부터는 거의 거실에서 텔레비전만 보는 생활을 했다. 뭐랄까 '빨리 죽고 싶어.'라고 말하는 듯했다. 결국은 노환으로 돌아가셨는데, 엄마는 그 순간에도 함께 있었다. 직업이 간호사이기는 하지만 친부모를 병간호하는 것은 어떤 기분이었을까.

그런 엄마의 모습을 보면서, 어렸을 때부터 나는 엄마가 가족을 위한 희생양이 되었다는 생각을 했다. 내가 하고 싶은 일을 마음껏 하면서 살고 싶다는 마음이 있는 한편, 그렇게 사는 것에 대한 괜한 죄책감도 있었다.

취직해서 몇 년이 지나고, 외삼촌이 병으로 입원했던 적이 있었다. 내가 뭘 할 수 있는 것은 아니었지만, 곁에서 엄마에게 힘이 되어야겠다고 생각해 일 년에 한두 번 정도 가는 게 다였던 집에 그 즉시 갔다. 그때는 어쩐지 가서 엄마의 이야기를 들어 주어야 할 것 같다는 의무감이 들었기 때문이다. 병문안하러 다녀오던 길에 병원 근처에 있는 찻집에 들렀다. 할아버지와 할머니가 들으면 '돈이 남아도는구먼.' 하고 눈에 쌍심지를 켰으리라. 무슨 이야기를 했는지는 거의 기억나지 않지만, 엄마가 했던 몇 마디는 여전히 기억에 남아 있다.

"어렸을 때부터 오빠를 답답하고 귀찮게 생각할 때가 많았어."라며 엄마는 울고 있었다.

"배다른 형제라는 사실도 마음속의 큰 장벽이었고."

나는 줄곧 엄마에게 묻고 싶었던 것이 있었다.

"나는 항상 엄마가 우리 집의 희생양이라고 생각했어요."

그러자 엄마가 부정하며 말했다.

"그게 무슨 말이야, 그런 거 아냐. 가족을 사랑하니까 내가 좋아서 하는 거야."

엄마의 그 말이 본심이라는 건 충분히 느낄 수 있었다. 엄마는 좋은 의미로든 나쁜 의미로든 겉과 속이 다르지 않고, 어린이가 그대로 어른이 된 듯한 순수한 면이 있는 사람이다.

가족에게 사랑을 쏟아붓고 가족을 위해 무언가를 하는 것은 엄마에게 있어 당연한 행위였다. 그리고 엄마는 무의식적으로 나와 당신을 동일시했다. 그래서 당신과 똑같이 나에게도 가족에 대한 사랑이 있다고 생각했던 것 같다. '부모를 생각할 줄 알고', '가족을 생각하고', '다정해'.

엄마가 나를 형용할 때는 그런 단어가 곧잘 나왔다. 조부모를 돌보는 것은 전적으로 엄마였는데, 이야기 상대나 정신적 위안은 전적으로 손주의 역할이었다.

"너희 할머니는 말을 너무 험하게 해."

집에 돌아가면 할아버지의 그런 푸념을 들어야 했다. 그런 것들이 서서히 쌓여가면서 무슨 일이 있을 때마다 집에 오라고 하는 엄마의 말이 점점 부담스럽게 느껴지기 시작했다.

엄마는 당신이 지탱하는 부모라는 존재를 잃고 난 뒤 점점 어린아이처럼 되어갔다.

"집안일을 똑바로 해야지.", "놀 궁리만 하고는" 하며 잔소리가 심한 할머니의 존재가 사라지고, 근검절약과 노동을 미덕으로 여겼던 할아버지마저 돌아가시자 집은 이내 황폐해지기 시작했다. 술에 취해 목욕도 하지 않고 잠자리에 들거나 쓰레기장 같은 방에 다 들어가지 않는 짐들이 다른 방으로 침식하기 시작했다. 그 위에 개지도 않은 세탁물이 계속 쌓여갔다. 지금까지의 긴장이 풀리기라도 하듯 변해 버린 엄마를 보는 것이 초조하고 불안했다.

엄마가 왜 그렇게까지 가족에게 전력을 다했는지 이해할 수 없었다. 그러던 어느 날 문득 이런 생각을 했다. 어쩌면 엄마는 마지막까지 할아버지, 할머니의 자식이었던 거지, 독립적인 주체가 되어 내 부모로서 나와 마주하고 있었던 것이 아닐지도 모르겠다고. 좀 심하게 말하자면 엄마는 자신만 모르고 있을 뿐, 자신의 부모에게 사랑받고 싶어서 그 구실로 자식을 이용한 것이 아닐까 하는 생각을 했다.

부모 자식의 관계에 대한 해석이야 얼마든지 할 수 있다. 하지만 어린 시절을 떠올려 보면 엄마는 자기 부모와의 관계를 중심에 두고, 자식의 감정에는 별다른 관심이 없다고 느낄 때가 몇 번이나 있었다. 효도하고 싶은 건 엄마다.

어린 시절, 엄마가 곁에 있어 주길 바랐을 때는 직장 일과 집안 사정을 이유로 응석을 부릴 수 없게 하고선 자립하고 싶을 때가 되니 엄마는 언제까지고 나를 어린아이로 생각하며 간섭하려고 한다. 그런 엄마의 모순을 느꼈을 때, 어린 시절의 나는 사실 다른 사람의 눈치를 보지 않고 엄마한테 응석을 부리고 싶을 때가 많았음을 떠올렸다. 그러나 집안 상황이 그것을 허락하지 않았다. 게다가 이미 다 끝난 일이다. 지나버린 어린 시절을 되돌릴 수는 없으니 말이다.

어느 정도 성장한 뒤로는 엄마가 물건이나 돈을 줄 때마다, 혹은 무언가를 해 줄 때마다 점점 엄마가 부담스러워졌다. 정작 내가 필요로 할 때는 곁에서 마음 써 주지 않았던 어린 시절의 원망만이 떠올라 엄마에게 감사한 마음이 들지 않았다. 엄마는 그런 나를 은혜도 모른다고 생각했을지도 모르겠다.

그러나 엄마의 호의를 순수하게 받아들이기는 너무 부담스럽다. 이걸 받아들이면 또 부채가 늘어난다. 엄마한테 무언가를 갚아야만 하는 것이다. 나는 더 이상 엄마의 해석 속에 존재하는 자신을 연기하는 데에 지쳐버렸다.

엄마의 희생(이라고 엄마는 말하지 않지만)을 생각하면 정면으로 반발하는 게 망설여졌지만 더는 한계다. 나는 엄마처럼 가족에게 조건 없는 사랑을 쏟아부을 자신이 없다.

엄마가 마음에 들어 하는 모습의 나를 내 안에서 발견할 때면 나는 그만큼 괴롭다. 이제는 엄마에게 응석을 부리고 싶다거나 그런 생각은 하지 않지만, 그 대신 딱 하나 바라는 것이 있다.

엄마가 나를 당신과 다른 개성을 가진 인간으로 인정해 주기를. 당신이 보고 싶지 않은 부분도 포함해 한 사람의 자립한 인간으로 나를 이해해 주길 바란다. 매정하다고 해도 좋다. 나는 엄마가 생각하는 것만큼 엄마에 대한 사랑이 없다. 왜냐하면 나는 엄마가 아니니까. 나는 엄마처럼은 살아갈 수 없다.

부칠 수 없는
편지

엄마에게

지난번에는 참 즐거웠어요. 무사히 집에 도착하셔서 다행이

에요.

이것저것 무거운 짐을 들고 오시느라 힘드셨죠? 미안하고

고마워요. 제가 조금 더 솔직해질 수 있으면 좋겠는데, 엄마

의 호의를 순수하게 받아들이지 못할 때도 있어서 고집을 부려 받지 않으려고 했던 거 죄송했어요.

엄마, 지금까지는 그냥 넘어가자고 생각해서 말하지 않았던 것이 있어요. 저는 사실 이십 대 중반부터 몇 번인가 엄마에게 원망스러운 감정이 들었던 적이 있어요.
이미 다 지난 일이니 하나하나 사소한 것까지는 말하지 않겠지만, '걱정'이라는 명분으로 제 기분을 묻지도 않고 엄마가 제 인생에 침범했다는 생각을 한 적이 몇 번이나 있었습니다. 엄마는 저를 위해서라고 말씀하셨지만, 당신이 '안심'하고 싶은 마음에 당신이 이해할 수 있는 인생을 걷도록 하려고 했던 것뿐인 것 같았습니다.

그럴 때, 엄마는 '자식 바보'라는 말을 자주 쓰셨어요. 하지만 그건 엄마의 감정을 강요한 것이 아닐까 해요. 엄마는 말을 하거나 행동하기에 앞서, 제 기분을 생각해 본 적이 있나요? 제 기분을 생각한다면 자연스럽게 저의 상황을 고려하려고 하지 않을까요?

저도 엄마에게 기대하고 어리광을 부리거나 무리한 부탁을 한 적도 있지만, 지금은 되도록 그러지 않으려고 조심하고 있어요. 남처럼 어색하고 서먹하다 하실지도 모르겠지만, 저는 그것이 부모로부터의 독립이라고 생각해요. 그러니 엄마도 자식에게서 독립하셨으면 좋겠어요.

엄마가 자식에게서 독립하지 않으면, 저는 그게 부담스러워 엄마에게서 멀어지고 싶다는 생각을 하게 될 것 같아요. 엄마가 자꾸만 모든 일에 간섭하면, 저는 여전히 자립하지 못한 인간인 것 같다는 생각이 들어 저 자신이 부끄러워요. 그렇게 되면 저는 엄마와 함께 있는 것이 불편해질 거예요. 일부러 못되게 말하는 게 아니라, 정말로 엄마와 사이좋게 지

내고 싶어서 말하는 거예요. 그러니 부디 이해해 주세요.

설날에 집에 못 가서 죄송해요. 모쪼록 다른 식구들과 다 같이 화목하게 보내셨으면 좋겠어요.

뒤늦게 찾아온
반항기

나의 반항기는 서른이라는 늦은 나이에 찾아와 서른 다섯이 되어 그 끝에 접어들고 있다.

|

초등학교 6학년 여름방학에 캠프를 갔다. 거기서 모기에 물린 게 원인이 돼, 계속된 고열로 입원하는 바람에 장

기결석을 했었다. 그때 나는 마침 반항기에 접어들 무렵이라 주위의 모든 것에 다 짜증이 나 있었다. 집은 산골짜기에 있어서 부모님의 배웅과 마중이 없으면 그 어디도 마음대로 갈 수가 없어서 어딜 가든 부모님과 함께여야 하는 것도 창피했다. 그랬던 마음이 완전히 바뀌어서, 나를 병간호하는 부모님과 걱정하는 조부모님의 모습을 보며 이렇게까지 사랑을 받으니 가족들에게 그 은혜를 갚아야겠다는 마음이 커졌다. 그 이후로는 도저히 반항할 수가 없었다. 그렇게 나의 반항기는 자연스레 진정된 것처럼 보였다.

아버지는 막낸데다 회사생활을 오래 해선지 대인관계에 아주 뛰어나셨다. 정말로 눈치가 빨라서라기보다는, 의견을 강압적으로 밀어붙이지 않고 수완 좋은 영업사원처럼 상대의 프라이드를 살살 구슬려 원만하게 잘 정리해서 이야기를 이끌고 가는 점이 그렇다. 이따금 부리는 허세에는 말문이 막히기도 했지만, 아버지와는 표면상으로 다툴 일이 적었다.

문제는 엄마였다. 데릴사위인 남편과 친정에서 사는 딸인 엄마는 그만큼 세상 물정을 모르는 구석이 있고, 겉과 속이 다르지 않은 성격에 섬사람 기질을 그대로 가지고 있으며 말투에는 조심성이 없다. 가족을 향한 걱정이나 애정은 좋은 것이고, 그것을 위해서라면 자신의 주장을 굽히지 않는 완고한 면도 있었다.

어릴 때는 엄마가 일 때문에 부재중일 때가 많아서 간간한 성격의 할머니와 집에 있는 일이 많았다. 할머니는 내가 여자고 누나라는 이유로 남동생보다 나에게 더 엄격했다. 수시로 변하는 할머니의 기분에 좌우되는 것도, 가족 중 연장자라는 이유로 거리낌 없이 하는 아버지의 험담을 들어야 하는 것도 슬펐다.

엄마는 자식과 계속 붙어있지 못했던 만큼, 엄하지 않

은 면이 있었다. 할머니가 내 친구들의 흉을 봤다고 투덜대면, "엄마도 할머니한테 그런 말 들었었어." 하고 위로해 준 것도 엄마였다. 모녀라기보다 자매 같은 구석도 있었다. 엄마는 언제까지나 딸로서의 존재감이 컸다.

어릴 때는 엄마의 그런 어린아이 같은 면에서 위안을 받았던 적도 있었다. 그러나 점점 커가면서 엄마의 그 순진함이란 피하고 싶은 것이 되어갔다.

엄마는 나고 자란 이 섬 안에서 직장과 집과 친척과 동창생, 그리고 가끔 읽는 베스트셀러와 라디오와 텔레비전 속의 세계에서 살고 있었다. 나도 그 세계 속에서 살았을 때는 문제가 없었다. 하지만 내가 진학 때문에 섬을 떠나고, 그곳에는 없는 세계를 알게 되면서 점점 더 틈이 벌어졌다.

2

반항기를 얌전하게 지나간 것은 묘하게도 응어리로 남아 있었다. 쓸데없는 말을 해서 할머니의 기분을 건드리고 싶지 않다는 태도가 어릴 때부터 습관이 되어 있었다. 부모님 말씀에 위화감이 들어도 그 의견에 이의를 제기하지 않고 그대로 받아들이거나, 하라는 대로 그냥 해 버리는 경향도 있었다.

진학할 학교를 결정할 때도 그랬던 것 같다. 도쿄에 가고 싶은 마음은 있었지만, 도쿄의 대학교 팸플릿을 보고 있으니 엄마가 "도쿄로 가려고?" 하고 울 것 같은 목소리로 말을 해서, '아, 도쿄는 안 되겠구나' 하고 생각했다. 그밖에도 이유는 많았지만, 나는 자신과 마주하는 것으로부터 도망쳤다. 그 일을 훗날 자주 후회했다.

지금 와서 생각해 보면, 자신을 가족 내의 독립된 개인이라고 생각하지 못했던 것 같다. 그 이상 깊이 파고들어 생각하는 것이 그 당시에는 불가능했다. 타인이라곤 거의 없는, 혈연으로만 맺어진 가족 관계 안에서 나 자신이 무엇을 하고 싶은지에 대한 자각을 하지 못할 정도로 가족에게 찰싹 붙어 있었던 것이리라.

독립해서 혼자 살게 된 후로, 엄마는 택배로 이것저것을 보냈다. 안에 들어 있는 것은 그때그때 다르다. 택배 상자에 빽빽하게 채워진 식량, 그 틈새에 대형할인점이나 유니클로에서 산 속옷과 양말, 우체국이나 농협에서 받은 생활용품. 물론 감사해야 하지만 동시에 짜증도 났다. 짐 속에는 대개 편지가 들어 있었는데 어느샌가 읽지 않고 버리게 되었다. 속옷은 언제부턴가 입기가 꺼려졌다.

그 당시에 고민하는 것에 관한 책이 들어있을 때도 있었다. 『일본항공 스튜어디스 – 매력적인 예절작법』이라든가 『인간관계의 심리학』 같은 것이다. 그런 책도 엄마의 이상을 강요하는 것 같다는 생각이 들어 언제부턴가 읽지 않고 전부 중고서점에 팔아 버렸다.

혼자가 되고 싶은데. 짐을 볼 때마다 엄마가 등에 찰싹 붙어 있는 듯한 기분이 들었다. 떼어내고 싶은데 떼어낼 수가 없다.

하지만 금전적으로 의존하고 있기도 하고, 간호사 일을 하면서 집안일도 하고 가족들을 챙기며 병간호도 하는 엄마에게 죄송한 마음이 있었다. 그런 마음의 빛 때문에 엄마의 뜻을 거스르지 못하고 말 잘 듣는 딸이 되었다. 당연히 부모님을 소중히 여겨야 하고 부모님께 감사해야 한다고 생각했다. 하지만 그런 반면, 비슷한 정도의 혐오감도 존재했다. 대체 엄마에 대한, 이 혐오감은 무엇일까.

정신적으로도 자립하지 못했다. 언제부턴가 하는 일이 잘 안 되면 엄마가 쓸데없는 참견을 하기 때문이라는 생각이 심해졌고, 나 자신의 실패를 엄마 탓으로 돌리는 버

룻이 생겼다. 그런 사춘기 중학생 같은 감정을 느끼는 자신에게도 가끔씩 이루 말할 수 없이 부끄러워서 짜증이 났다.

3

그래도 남들 보기에는 잘해 왔다고 생각한다. 그러나 첫 번째 결혼에서 이혼에 이르기까지의 과정에서 엄마를 향한 응어리가 서서히 커져 갔다.

학생 때부터 고향 집에 갈 때마다 "남자친구는 없니?" 하고 물어봤으면서, 그 당시 남자친구였던 전남편과 사귀고 있다고 이야기했더니 넌지시 "그런 사람이랑은 헤어져라"라고 했다. 그러더니 막상 결혼하겠다고 하자 태도를 싹 바꿔서 "빨리해, 빨리" 하고 재촉했다.

엄마는 자립, 자립하더니 막상 결혼이 정해지자 신부 의상과 결혼반지 이야기만 했다. 그리고 "행복하게 해달라고 그래.", "신부 의상이 하얀 건 너의 색으로 물들이겠다는 의미야"라는 말을 했다. 결혼하고 얼마 지나지 않아서는 이런 대화를 했다.

"아직 아기 소식은 없어?"

"동생네 아기 있잖아."

"걔는 며느리가 낳은 애잖아."

그 후에도 전혀 아이 소식이 없자, "하고는 있니?" 하는 질문까지 했다.

그러면서도, 이혼하고 결혼사진을 처분하고 있는데 신부 혼례 의상을 입은 사진은 가져가려 했다. 집에서 나올 때, 엄마가 일방적으로 보냈던 물건을 전남편 집에서 가지고 나오지 않았다고 나무란 적도 있었다.

이혼 후, 한동안 집세를 지원받기도 했었다. 감사한 마음이 드는 한편으로, '또 빚을 지는구나' 하는 부채 의식도 커졌다. 자립하고 싶은데 할 수가 없다. 그러한 조바심이 더 심해졌다.

이혼하고 1년쯤 지났을 무렵, 친구의 결혼식이 있어서 해외에 갈 기회가 있었다. 그때 친척들 앞으로 대량의 선물을 부탁받았다. 돌아와서 그것들을 고향 집으로 부칠 때는 이미 지칠 대로 지쳐 있었다. 질려버렸다. 친구의 결혼을 축하하러 간 건지 선물을 사러 간 건지 모르겠다.

엄마만이 아니다. 아버지에게도 마찬가지였다. 집에 갈 때마다 청소를 못 하는 엄마의 험담을 들어야 하는 것도, 조부모의 제사를 지낼 때마다 집으로 오라고 해서 제사를 돕는 게 당연하다는 식의 표정을 봐야 하는 것도, 집에 가는 횟수가 늘어서 좋아하던 모습이 마치 이혼한 것을 좋아하고 있는 것처럼 보였던 것도. '아버지도 젊었으니까 데릴사위로 처가에 사는 게 많이 힘들고 답답했겠지.' 하고 자연스럽게 넘어가려고 했던 옛날 일까지 떠올랐다. 어렸을 때 아버지가 나를 학원에 데려다주고 데리러 오는 길에, 나는 할머니에 대한 아버지의 불만을 실컷 들어야 했다.

선물 꾸러미와 함께 편지를 넣었다. 격정적인 감정을 그대로 실어 전단지 뒷면에 메시지를 휘갈겨 썼다. 편지 끝부분에 "저에게 뒤늦은 반항기가 찾아왔나 봅니다. 이제부터는 좀 불량하게 반항하는 딸이 될 것 같아요"라고 썼다. 그리고 엄마의 전화를 일절 받지 않았다. 엄마와 전화를 하면 엄마의 페이스에 말려들기 때문이다. 어느 정도 시간이 흐르자, 엄마에게서 조사도 빠지고 오타도 많은 문자메시지를 받게 되었다. 그렇게 해서 엄마와는 가끔 문자메시지와 택배로만 연락하게 되었다.

그 이후로는 고향 집에 가서 엄마에게 마중이나 배웅을 부탁할 때는, 적지만 어느 정도 용돈을 드리게 되었다. 조금씩 집세도 갚아 나갔다. 물론, 고작 이 정도로 이제껏 엄마에게 받은 은혜를 갚을 수 있다고 생각하는 건 아니다. 그런 것쯤은 알고 있다. 하지만 그것이 내가 할 수 있는 최대한의 저항이었다.

4

지금의 남편과 재혼을 하고, 남편의 일 때문에 한동안 캐나다에서 살았다. 엄마가 딱 한 번 날 보러 왔던 적이 있다. 어릴 때는 바쁜 엄마와 함께 목욕하거나 잠을 자는 것이 큰 즐거움이었다. 엄마를 독차지할 수 있다는 기분이 들어서였다. 그럴 때는 항상 끝말잇기를 하거나 그림책을 읽어달라고 하거나, 가보고 싶은 외국의 이야기를 했다. 엄마는 언젠가 오로라를 보고 싶다고 한 적이 있었다. 나는 그 말을 기억하고 있었기 때문에 이때다 싶어 캐나다에서 오로라의 출현 가능성이 큰 지역인 옐로나이프에 모시고 갔다. 그때 외에는 거의 연락을 하지 않았다.

연락하지 않았던 이유는 첫 번째 결혼에 대한 마음속

응어리가 아직 엄마를 향해 있었기 때문이다. "친정 나들이는 언제 할 거냐.", "신혼집을 보고 싶다.", "아이 소식은 아직 없느냐." 등등. 첫 번째 결혼에서 엄마는 그렇게 하는 게 당연하다는 태도로 간섭하고 참견을 해 왔다. 그 당시 나와 전남편 사이에 있었던 몇 가지 문제를 숨기고 싶어서 연락을 피하고 있으면, "결혼하고 나더니 매정해졌다"라고 하는 말을 들어야 했다. 그런 엄마를 상대하는 데에 지쳤다. 또 같은 일을 되풀이 당하고 싶지 않았다.

첫 결혼이 일 년 반 만에 끝이 났다. 그래서 재혼했을 때는 처음의 그 일 년 반이 중요하다고 생각했다. 더는 엄마가 마음대로 간섭하도록 놔두지 않을 거야. 나는 나만의 가정을 구축할 거야. 표면상으로는 평온해 보이는 나날들이었지만, 그 평온함 뒤에는 그러한 긴장감이 있었다.

정말 매정했었는지도 모르겠다. 하지만 그렇게라도 하지 않으면, 나는 태평양을 건너왔음에도 불구하고 여전히 그 작은 섬의 산골짜기에 갇혀있는 듯한 기분에서 헤어 나오지 못할 것 같았다. 아무리 시간이 지나도 나 자신의 인생을 살고 있다는 실감을 갖지 못한 상태였다. 지금의 남편과 혹시 잘못된다면, 더 이상 엄마 탓으로 돌리는 건 싫었다.

5

서른다섯 살에 귀국해서 2년간 친정에 맡겨두었던 짐들을 가지러 갔다. 그 속에서 대학 시절에 생활비를 송금받았던 통장을 발견했다. 통장을 보자 뭐라 말할 수 없는 기분이 들었다. 몇 년 치나 되는, 매월 같은 날에 입금된 상당한 액수의 금액이 일정하게 찍혀 있다. 그 숫자들을 보니 엄마에게 쌓였던 감정과는 별개로, 부모님에게는 감사할 수밖에 없다는 생각을 했다.

나는 그 돈을 무엇에 썼던가. 마치 내가 어엿한 성인이

라도 된 기분으로 물건을 사고 음식을 사 먹고 무언가를
보러 다니고, 그 당시 내가 가치 있다고 생각했던 것은 무
엇이었을까. 그 돈으로 샀던 물건과 먹었던 것들을 전부
기억하고 있는 것도 아니고, 더욱이 물건은 이혼하고 이
사를 하면서 지금은 수중에 남아있는 것이 거의 없다. 그
러자 덧없는 허무함과 부모님에 대한 죄송함이 밀려왔다.
결국, 나는 자신의 미숙함을 부모님에게 투영했던 것뿐
이다. 어렸을 때 마음껏 응석 부리지 못했던 시절을 조부
모님이 돌아가신 지금, 반항기라는 이름을 내세워 되찾고
있는 것뿐이지 않은가. 서른 살도 넘은 나이에.

　아직도 친정집에는 대학 시절 활동했던 동아리의 명부
가 일 년에 한 번씩 발송되어 온다. 올해도 와 있었다. 명
부를 펼치자 동아리 회원들의 근무지란에는 교원, 공무
원, 대학, 대기업의 이름이 눈에 띄었다. 나는 이러한 세
계에 잘 어울리지 못했다. 그렇다고 해서 독립적으로 이

탈해서 성공하는 타입도 아니었다. 결심 끝에 도쿄로 뛰어들었지만 겨우 1년 만에 수포로 돌아갔다. 상승하고자 하는 의지에 비해 내가 했던 노력은 어중간했다. 언젠가 한 번은 아버지가 술에 취해 "그만큼이나 학비를 들였는데 왜 돈벌이를 전혀 못 하느냐"고 한 적이 있는데, 말 그대로다. 그렇게 부모의 도움을 받았으면서.

나는 나 자신의 분수를 직시하는 것이 창피했다. 그 정도로 나약했다. 지금까지 받았던, 나로서는 도저히 벌 수 없는 숫자를 보고 깜짝 놀랐다. 나도 (엄마를 닮아) 뻔뻔한 구석이 있으며, (아빠를 닮아) 허세만 부리고 있는 것이 아닌가. 그런 내 입장은 제쳐놓고 뭐 하자는 건지. 대학 졸업식 날, 졸업식에 온 엄마에게 다른 애들 부모님은 대졸이고 할머니도 이 대학 출신인 사람이 많아 괜히 기가 죽었었다고 푸념을 늘어놓고 말았다. 그 순간 미안해하던 엄마의 얼굴을 지금도 기억한다. 어느새 나도 모르게 부모님을 하루하루 먹고사는 일에 쫓기는 사람들처럼 보고 있던 나 자신이 한심해졌다.

집에 돌아오는 길에 버스정류장까지 배웅을 받으면서 아버지에게 말했다.

"저는 이것저것 잘하고 싶어서 무리하게 제 능력 이상으로 뭔가 하려고 했지만 결국 아무것도 되지 않았어요. 너무 허탈하고 허무해요."

그러자 아버지가 말씀하셨다.

"못하면 못한 대로, 그렇게 생각하고 마음 편히 즐겁게 살아야지 어쩌겠냐."

언제까지고 욕심과 동경으로 가득 찬 부질없는 것을 좇는 일은 이제 그만해야겠다고 생각했다. 나는 내 인생에 스스로 매듭을 지어야 한다. 변변치 않았던 학생 시절도, 실패한 취직도, 결혼도, 제대로 된 돈벌이도 하지 못했던 프리랜서 생활도.

엄마는 여전히 아무 일도 없었다는 듯이 내게 다가온다. 여전히 택배로 여러 가지를 보내려고 한다. 엄마와는 아직 원만한 대화는 하기 어려울 것 같다. 문자 메시지로도 최소한의 용건만 주고받을 뿐이다.

엄마는 변함이 없다. 변한 건 나다.

내 인생을 엄마 탓으로 돌리지 않겠다는 다짐을 하지 않으면, 엄마와 원만하게 대화를 할 수 있을 것 같지가 않다. 그런 날은 언제쯤 올까?

분노와
마주하는 법

|

몇 년 전에 있었던 일에 대해 나는 계속 화가 난 상태였다. 당사자와 접촉이 안 되거나 의도적으로 접촉하지 않게 된 이후에도 여전히 화가 났었다. 가끔 우연한 계기로 그 분노가 나를 확 에워쌀 때가 있는데 그럴 때는 나 자신을 잘 제어할 수 없었다. 이대로는 안 되겠다고 생각

해, 잊어버리든지 아예 무관심하든지 아니면 용서하는 쪽으로도 생각해 봤다. 하지만 무엇 하나 쉽지 않았다. 부당한 일을 당한 건 나고, 그 일에 대해 제대로 사과를 받은 적도 없는데 왜 내가 용서를 하고 전부 없었던 일로 해야 한단 말인가.

전남편이 참을 수 없이 미웠다. 남편은 결혼하고 얼마 안 있어 나에게 사전에 아무런 말도 없이 일을 그만두었다. 그 후 일 년 반 정도는 내가 생활비를 댔다. 그러는 사이 남편에게 빚이 있다는 걸 알았다. 그해의 확정신고에서 전남편을 부양가족으로 올렸다. 전남편의 직장이 구해지고 차가 필요해졌는데, 저축해 둔 돈이 없는 남편 대신 내가 결혼 전에 해 둔 저축액으로 대신 중고차 구입대금을 치렀다.

전남편이 무직인 동안 휴대전화와 지갑에 든 영수증을

확인한 적도 있었다. 정말로 구직활동을 하고 있는 건지, 허튼 데 돈을 쓰는 건 아닌지를 알고 싶어서였다. 전남편은 좀처럼 직장을 구하지 못하고 온종일 인터넷만 하는 것처럼 보일 때가 많아서 그 모습에 화가 났다. "도움이 안 돼.", "남자가 되어서", "누구 덕에 생활하는 건데." 하고 막말을 퍼붓고 후려친 적도 있었다. 내가 했던 언행은 명백한 가정폭력이었음에도 불구하고, 도무지 제어할 수가 없었다. 해서는 안 될 짓을 하고 있다는 인식이 전혀 없었다. 아마도 그렇게 해서 남편을 향한 미움을 해소했던 것 같다. 그렇게라도 하지 않으면 함께 살 수가 없었다.

그럴 거라면 차라리 좀 더 빨리 이혼을 하는 게 나았다. 기회는 몇 번이나 있었다. 하지만 나는 폭력을 당하고 더는 안 되겠다는 생각이 들 때까지도 헤어진다는 생각을 하지 못했다. 이혼이라는 단어가 도저히 떠오르지 않았다. 폭력을 당한 후에도 남편이 사과하고 반성하기만 한다면 다시 함께 살 수 있을 것으로 생각했었다. 전남편과는 그저 내가 잘못했다는 말만 되풀이할 뿐 대화는 불가능했다. 나는 내가 잘못했다는 생각과 남편에 대한 미움, 그리고 폭력 때문에 생긴 불면증과 과호흡 같은 신체 증상 사이에서 이러지도 저러지도 못하게 되었다.

주변 사람들에게 의논했더니, 부부 사이의 일은 한쪽이 일방적으로 잘못한 게 아니라 양쪽의 말을 들어봐야 한다는 상식적인 의견과 더 심한 일을 당한 사람도 있다는 핀잔에 막막함을 느꼈다. 감정적인 태도를 보이면, 내 태도가 이래서 그런 일을 당한 거라는 말을 들었다. 그래서 나는 나 자신의 상황을 설명할 때면 항상 분노를 감춰야만 했다. 지원 단체와 변호사에게 상담했을 때, 이혼해도 되지 않겠냐는 말을 듣고 이혼이라는 선택지를 생각해도 되는구나 하는 걸 깨달았다. 남편이 다른 사람에게도 폭력을 행사했었다는 증거를 접하고서야 결국 남편은 변하지 않을 거란 생각에 정신이 들었다.

생각해 보면 내 결혼생활에는 사랑이 없었다. 짧은 2년 간의 생활 속에 존재했던 것은 좋아하는 사람이 생겨 남편을 똑바로 마주하지 않았다는 죄책감과 남편과의 교제를 달가워하지 않았던 엄마에게 "그러게 내가 뭐랬어?"라는 말을 듣기 싫어서 부렸던 오기, 그리고 결혼하면 그가 착실해지지 않을까 하는 막연한 기대였다.

2

지나간 일은 다 잊어버리라느니, 앞만 보고 나아가라는 말은 바보가 돼라, 생각하지 말라고 하는 것과 똑같다고 생각했다. 나에게 무슨 일이 일어난 건지 알고 싶었다. 그러기 위해 필요한 것은 지식이었다. 그래서 내가 겪은 것과 비슷한 사례에 관해 쓰인 책을 읽어 보았다. 하지만 딱히 와 닿는 게 없었고 그 책에 일반적이라고 다뤄진 사례에 들어맞지도 않았으며 이론적인 설명도 불충분하고 단편적으로 느껴졌다. 그런 책에는 뻔한 이야기밖에 실려 있지 않았기 때문이다.

그래도 지식을 습득한 덕분에 내 심정을 잘 표현할 수 있는 말들을 배울 수 있었다. 그래서 다시 한번 나 자신의 체험을 재구성해 보았다.

그 지식을 토대로 다시 생각했다. 그렇게 해서 그 체험을 타인의 일처럼 생각하고 구석구석 점검했다. 내가 잘못했던 점과 그렇지 않은 점, 상대가 어떤 식으로 나를 제어하려고 했었는지, 거기에 내가 어떻게 대항하려고 했고 어떻게 실패했는지.

전남편에게도 시집에서도, 내가 일방적으로 나쁜 사람

이라 여겨졌다. 시아버지는 모든 일을 자신에게 유리한 쪽으로 해석하고, 본인이 하고 싶은 대로 행동하고, 하고 싶은 말만 하는 타입이다. 가정을 지탱하는 것은 아내라며, 전남편이 일으킨 일은 대부분 내 책임이 되었다. 전남편에게는 항상 "그래서 너는 틀렸어"라는 말을 했고, 시어머니에게는 "가정폭력 어쩌고 할까 봐, 한 대 때릴 수도 없고"라며 불쾌감과 조롱을 일삼고 정신적 폭력을 가했다. 피해자인 것 같았던 시어머니는 시어머니대로, 툭하면 나를 무시했다.

전남편의 아버지는 권위와 돈으로 가족을 짓누르고 있었다. 남편은 그 피해자였다고 생각한다. 나는 그를 가엾게 여겨 애정을 갖고 그가 진정으로 원하는 가족이 될 수밖에 없다고 생각해서 허용할 수 없는 일을 당해도 계속 눈감아 주었다. 지금 생각해 보면 공의존共依存이었다. 그

관계의 마지막 종착점은 폭력이었다.

새로운 집에서 남편은 마음에 들지 않는 일이 있으면 나를 무시하거나 내 신체나 말투, 혹은 친정에 관한 일처럼 선천적으로 타고난 것이나 고치기 힘든 것에 대해 집요하게 조롱을 하곤 했다. 내가 하는 일에 대해서도 내 능력을 부정하거나 "편집자 놀이", "작가 놀이" 같은 식으로 말하며 차츰차츰 정신적 폭력을 행사하게 되었다. 나는 거기에 대항하기 위해 점점 더 과잉 반응을 하게 되었다. 학대받았던 사람이 새로운 사람을 학대하는 것이다. 이 집안에서는 미움이 연쇄하고 있는 듯했다.

전남편과 시어머니는 시아버지의 피해자라고 생각했지만, 그들을 동정하면 나는 화를 내지도 못하고 그들에게 휘말려 버릴 것 같았다. 심지어 이혼한 뒤에도 시어머니는 병이 악화한 원인을 우리의 이혼 때문인 것 같다고 하면서 툭하면 만나자고 했다. 그리고 전남편은 나에 대한 분풀이로 내가 대금을 치러 준 중고차로 사고를 내고 자살할 거라는 메시지를 보내 왔다.

나에게 죄가 없었다고 하면 거짓말이다. 그런데 내가 했던 일을 반성했더니 오히려 그것이 상대방에게 약점으로 이용할 빌미를 주게 됐다. 나는 태도를 싹 바꿔 전남편의 메시지에 대해서는 경찰에 통보하고 일절 상관하지 않았다. 얼마 후 다른 사람을 통해 시어머니가 병으로 돌아가셨다는 이야기를 들었다. 장례식에는 가지 않았다. 그리고 모두와의 인연이 끊어졌다. 내가 분노할 대상이 사라졌다.

3

이런 식으로 상대화해서 하나하나 내 체험을 점검했다. 그 체험들은 이제 과거의 일로써 내 안의 어딘가에 정착할 곳을 찾게 된 것 같았다.

나는 언제든 과거를 떠올릴 수 있지만, 분노에 지배받지 않는다. 분노가 찾아와도 '아아, 내가 지금 화가 났구나' 하고 자신을 곁에서 관찰할 수가 있다. 그것은 용서하거나 잊어버리는 것과는 별개의 문제다. 그렇게 할 필요도 없다. 그저 단순히, 상대화할 수 있게 되었을 뿐이다.

나는 한계점까지 참았던 것 같다. 그때 내가 할 수 있는 한의 일을 했고 최선을 다했다. 그러니까 더는 자신을 책망하지 않기로 했다. 그것을 대신하듯 나는 분노하기 시작했다.

지금까지 나는 다른 사람에게 하찮은 평가를 받고, 자존감이 낮은 사람으로 평가당해도 되는 것처럼 통제당했다. 혹은 자존심이 세다는 것을 거꾸로 이용당해 상처를 받기도 했다. 그런 수법을 쓰는 사람들은 나를 그들보다 아래에 있고 형편없는 인간이라고 느끼게 했다. 하지만 그것은 상대가 임시변통의 수단을 쓰고 있기 때문이지, 내 개인의 자질 때문이 아니다.

통제당했던 이유는 내가 하고 싶은 말을 똑바로 주장하지 못했기 때문이고 싫은 것을 싫다고 말하지 못했기 때문이다. 나를 이용할 구실로 삼으려는 사람에게 집어삼켜져 인생을 망칠 뻔했고, 낮은 자존감에 억눌려 살아왔다. 그 때문에 나 자신을 인정하지 못하고 언제나 불안했다. 이제 그런 식으로 사는 건 지긋지긋하다. 남들 뒤치다꺼리나 하고 인간 샌드백이 될 법한 인생 따위 사절이다.

이제까지 억눌렸던 마음을 해방시키고 앞으로는 훨씬 자유롭게 살고 싶다. 제멋대로라느니 고집이 세다느니 해도 좋다. 내 인생은 내 것이니까. 더는 누구도 함부로 침범하게 하지 않을 것이다.

4

다음부터는 통제하려는 사람이 나타나면, 이 사람이 지금 나를 통제하려고 하는구나 하고 관찰할 수 있어야 하하고 거기에 넘어가지 않는 것이 중요하다. 누군가가 나에게 필요 이상으로 가깝게 다가왔을 때는 순수한 호의에서인지 본인에게 유리하게 이용하고 싶어서인지 간파할 줄 알아야 한다.

그러한 판단을 하기 위해서는 부당한 대우를 받았던 경험과 더불어 정당한 대우를 받았던 경험도 필요하다. 정당한 대우를 받아보아야 비로소 비교가 가능해 자신이 부당한 취급을 받았다는 사실을 깨달을 수 있다. 전에는 부당한 대우를 받았던 경험밖에 없었기 때문에 내가 그런 대우를 받았다는 사실조차 알아채지 못했다. 부당한 일을 당하거나 부당한 말을 들으면 분노한다. 그렇게 하는 이유는 기가 세서도, 상식이 없어서도, 제멋대로여서도, 세상 물정을 몰라서도 아니다. 그것은 당연한 권리이기 때문이고 나 자신의 가치를 알고 있기 때문이다. 그것이 자존심이라는 것이고 그렇게 조금씩 성장해 가는 것이라 생각한다. 여전히 가끔은 분노에 휩싸일 것 같을 때가 있다. 시기, 질투에 사로잡힐 때도 있다. 그럴 때는 자신을 찬찬히 관찰하려고 한다. 그렇게 해서 자신의 분노를 잘 길들여 마주해 나가고 싶다.

페미니즘과 나

페미니즘이란 단어를 들으면 살짝 움츠러든다.

집안일의 대부분은 할머니가 했지만, 엄마도 맞벌이를 하면서 집안일을 했다. 할아버지와 아버지는 부엌에 서는 일이 없었다. 엄마는 내게 늘 자격증을 따라는 말을 입버 릇처럼 했는데, 그 말은 직업을 갖고 경제력을 갖추라는 뜻이었다. 그렇다고 해서 엄마가 페미니스트였을 리는 없고, 오히려 엄마의 머릿속은 전근대에 멈춰 있는 듯했다. 우리 가족은 유난히 조상의 묘와 집, 논밭을 중시했고, 특히 엄마는 결혼과 출산이 행복해지는 길이라고 철석같이 믿어 의심치 않는 것 같았다. "아이는 귀여우니까", "자식 키우는 일은 즐거우니까", 그러니까 당신 딸도 그리하면 좋겠다고 순수하게 믿었던 것 같다.

　나는 시골 농촌 마을에서 남자 형제와 함께 자랐지만 집안일을 하는 남성의 모습 같은 건 거의 본 적이 없었다. 제사나 마을 축제 등의 행사에 일손으로 동원되는 것은 여성들이었다. 밖으로 나오면 부엌에 있는 여성들이 뒤에서 험담하거나, "주제넘게 나선다"라고 하는 말들을 한다는 것을 알고 있었다. 세간에서는 남녀평등을 이야기하지만, 여성이라는 존재는 부엌에서 음식을 만들고 먹으며 사는 쪽이 편한 인생이라고 생각했다. 부모님 세대나 친척들은 여전히 남자가 가계를 계승하고 여자는 시집을 가는 존재로 생각했다. 외동딸일 경우에는 예외적으로 데릴사위를 들인다는 인식도 있긴 했지만. 연애결혼을 한 사람은 적었고, 결혼이라는 것은 가문이라는 조직을 이어가기 위한 수단처럼 생각했다.

"여자애 주제에", "여자애답지 않게"라고 할머니는 자주 말했었다. 페미니스트는 주위에 없었다. 텔레비전이나 신문에서 보고 듣는 세상과의 낙차가 너무 커 현기증이 났다. 그러한 세상은 나와는 무관한 것으로 생각했었다.

페미니즘을 향한 동경과 반발

커리어우먼 같은 인생을 살지, 주부가 될지, 표면상으로는 남녀 동등한 공무원이나 교사가 될지, 자신이 어떤 방향성으로 살아갈지 정하지 못한 채 대학에 진학했다.

전업주부인 어머니와 자유로운 분위기의 가정을 당연

한 것으로 알고 자란 대학 동기를 목격하고, 나는 그때 처음으로 페미니즘을 명분이나 토론 주제가 아닌 당연한 것으로 이해하는 사람이 있다는 사실에 상당한 문화충격을 받았다.

그 친구들에게는 페미니즘이 당연했지만, 나는 아무리 해도 그렇게 느낄 수가 없었다. 나는 그 이유를 출신 지역이나 교양의 차이라고 생각했다. 그래서 학교 분위기에 적응하기 위해서라도 그녀들과 같은 사고방식에 다가가야겠다고 생각했다. 그렇지만 한편으론, 페미니즘이 내가 자라온 환경과 엄마와 할머니의 삶을 부정하고 있다는 반발심도 가졌다. 나는 내가 자란 환경에 있던 사람들을 시대에 뒤처졌다거나 사상이 부족하다고 말하고 싶지 않았다.

또한, 혜택받은 것처럼 보였던 그들의 모습이나 대학에서 접하게 된 사상과 책에서 조바심도 느꼈다. 그 조바심이란, 사소한 일을 내세워 남녀차별이라고 주장하는 건 과장된 태도이며, 사사건건 큰 소리로 떠들어봐야 효과도 없고, 나 자신은 그런 사람들과 똑같이 취급받고 싶지 않다는 마음이었다.

　내가 다녔던 대학은 장래의 지도적 위치에 서게 될 여성을 양성하는 여자대학이었다. 그러나 그런 여자대학의 교육은, 전쟁 전에는 현모양처를 육성했듯이 전후戰後에는 직업을 가진 부인의 육성으로 전환한 것뿐이지, 근저에는 남성우위 사회에서 어떻게 하면 남성과 비슷한 수준으로 출세한 여성이 될까 하는 분위기가 있었다. 게다가 실제 교수들은 대부분 남성이었고 페미니즘 강의는 적었으며, 남녀 고용 기회균등법이나 후생보호법에 대해서 배울 기회도 없었다. 무슨 말만 하면, 결혼하면 그만이지 않느냐는 식으로 말하는 남자 교수도 있었다. 여성이 전혀 활약하고 있지 않은데도 불구하고, 여성의 활약을 요구하는 대학의 모습에서 모순을 느꼈다. 그리고 남성과 똑같은 지위를 얻는 것에 대해서 오히려 반대로 여성에게 억압적으로 활동하는 여자도 있었기 때문에 정말로 여성을 위한 것인지 모르겠다는 생각도 들었다. 거기에는 사회의 모순이 응축되어 있는 듯이 보였다.

그러나 나는 그 당시에는 아직 학문이나 사상이 그래도 세상과 장래에 도움이 될 것으로 생각했다. 지금은 세상 사람들이 그 가치를 알지 못할 뿐이지, 조만간 그 정당함이 증명될 거라는 낙관적인 생각이 있었다.

안티 페미니즘을 향한 공감

제일 처음 아르바이트로 들어간 회사에서는 결혼한 여자 직원은 회사를 그만두어야 하고, 여자는 계약사원이어도 괜찮다는 분위기가 있었다. 지금까지 배워온 것과 현실 세계와의 간극에 놀랐다. 그럼에도 불구하고 나는 '내가 어려서 그런 거야.', '아직 배우는 중이니 너무 요란하게 따지고 드는 건 보기에 좋지 않아.', '내 상식이 부족해서 그런 식으로 생각하는 거야.' 하고 여러 가지 이유를 대면서 되도록 회사에 맞추려고 했었다.

그 무렵 세간에서는 비혼을 선택하는 사람이 유난스럽게 여겨지는 한편, 미사고 지즈루 씨의 "여성은 아이를 낳는 것이 자연의 이치이므로 생명체로서의 자연을 소중히 여기자."고 하는 논쟁이나 우치다 다쓰루 씨에 의한 페미니즘 비판 등이 있었다.

나는 적령기에 접어들었고 결혼이 결정됐다. 지금까지 배운 것과 현실 사회와의 간극에 지치고 페미니즘에 실망해 있던 나는 그러한 사상과 책을 접하며 '페미니스트는 자연스럽지 못하다.', '여성이 생명체로서의 자연스러운 형태로 살아가는 것은 당연한 이치'라는 식의 화법에 상당히 위안을 받았다. 그리고 페미니즘이라는 건 자기주장이 강한 여자들의 궤변이라는 생각이 들었다.

그런데 막상 결혼을 하니까, 지금까지 옳다고 생각하며 애써 맞춰왔던 사회와 세간에 대해 커다란 위화감을 느끼게 되었다. 결혼하는 건 개인인데 어째서 며느리라는 이유만으로 다른 사람들에게 아랫사람처럼 여겨지는 것일까.

결혼을 하면 한 대로 실제로 집안일을 하는 사람은 누구고, 누가 가계 경제를 주도하는가. 적은 수입으로 가계를 잘 꾸려가지 못하는 것은 전부 내 탓이었으며, 밖에서는 남편의 기를 세우라는 말을 계속해서 들었다. 남편을 잘 조종하지 못하는 것도 내 탓이라 여겨지는 이유는 무엇인지, 그래서 그에 대한 불만을 토로하면 그런 남편을 선택한 내가 비난을 받았다……. 부부관계가 원만하지 않은 이유를 전부 내 잘못인 것처럼 취급하는 건 불합리하다고 생각하기 시작했다.

글 쓰는 일과 집안일을 다 하려니 몸은 언제나 피곤했다. 페미니스트가 말하는 가사노동론 같은 건 전혀 도움이 안 된다고 생각했다. 집안일을 시급으로 환산해, 아내가 남편 이상으로 일을 하고 있다는 말을 들어봐야 의미가 없다. 집안일은 가정을 유지하기 위해서 해야 하는 일이니까 누군가는 해야 하는 건데, 일과 가정을 양립하는 것만으로도 일단 너무 힘들어서 그런 부질없는 이론은 독도 약도 되지 않는다 생각했다. 차라리 그럴 바에야 돈이나 노동력이 더 필요하다는 생각만 하면서 점점 더 안티 페미니즘으로 기울어 갔다.

페미니즘과의 재회

내 결혼생활은 전남편의 폭력으로 인해 파탄이 났다. 엄마는 "폭력을 행사하는 남자는 최악이다.", "경제력 없는 남자는 안 된다."라고 분명하게 말했다. 나는 그 명쾌함이 부러웠다. 그런데 사실 나는 남편의 폭력을 당하기 전, 일하지 않는 남편을 향해 "도움이 안 돼.", "누가 고생해서 번 돈인데"라는 식의 폭언을 퍼붓고 난동을 피운 적이 있었다. 가정폭력(DV) 체크리스트를 보면서 내가 했던 행동들이 전부 가정폭력이라는 걸 알았다. 남녀평등의 관점에서라면 비판받아야 하는 것은 나라고 생각했다. 페미니즘은 나를 구원하기보다 오히려 나를 막다른 곳으로 내몰았다. 차라리 엄마처럼 구식 가치관을 내세워 남자는 이래야 하고 여자는 이래야 한다고 구별해서 성별 역할 분업으로 하는 것이 단순하면서도 올바른 가치관이지 않을까 하는 생각을 하며, 어떻게 해야 좋은 건지 혼란스러웠다.

단 한 번의 폭력을 계기로 이혼을 생각하는 것을 비난하는 사람도 있었다. 나는 과거에 페미니스트들을 인내심이 부족한 여자라고 생각했었다. 그러나 막상 그런 처지에 놓이고 보니 충분히 분노할 만한 일이라는 것을 깨달았다.

이혼하는 과정에서 모럴 해러스먼트(정신적 가정폭력)라는 단어를 접하게 됐다. 그리고 그 정신적 폭력의 구조와 가해자의 행동 원리를 알아가게 되면서, 내가 전남편에게 가정폭력(DV)적인 행동을 한 원인이 그에게 받았던 모럴 해러스먼트에 대한 반격이었다는 사실도 이해하게 됐다. 그리고 일반적으로 여성 피해자가 많은 모럴 해러스먼트나 가정폭력이 일어나는 이유는 우리 사회에 여성을 아래로 보는 성차별적인 의식이 있기 때문이라는 사실도 알게 됐다. 나아가 내 안에 잠재된 차별 의식도 깨달았다. "여자니까"라는 말을 들으면 싫은 것과 마찬가지로 "남자니까"라는 말에도 파괴력이 있다. 나는 전남편의 수입이 적은 것과 일을 오래 지속하지 않는 점을 마음속으로 경멸했고, 상대를 원망할 때 그 말을 자주 내뱉었다. 그 점이 아마도 전남편을 궁지로 몰아넣은 것이 아닐까. 전남편도 나의 말과 행동을 참는 데에 한계를 느꼈으리라. 폭력을 용서하는 것은 아니지만, 유동적인 사고 과정을 통해 나는 다시 한번 페미니즘과 마주하게 되었다.

나름의 페미니즘을 생각하다

나는 이제까지 페미니즘을 말뿐이고 현실성이 없는 주장을 외치는 이상주의, 종래와는 다른 삶을 살아가고자하는 여성들이 자신을 면죄하기 위한 억지 논리, 남성 혐오 같은 것으로 생각했었다. 그러나 이혼을 하는 과정에서 페미니즘이라는 것은 사회를 남성우위의 사회로 간주하고, 그런 사회에 존재하는 남성과 여성의 불평등한 상황을 남성과 여성이라는 큰 구조적 논리로 이야기함으로써 사회가 여성에게 평등하지 않은 이유를 찾아내고 바로잡기 위한 사상이라고 생각하게 되었다.

그리고 더욱더 깊이 파고들다 보니 "남성이니까", "여성이니까"라는 식의 화법 자체가 별로 좋지 않다는 생각이 들었다. 되도록 개인의 성차와 '남자', '여자'라는 큰 틀을 두루뭉술하게 말하지 않기로 했다. "남자라서" 폭력을 행사해선 안 되는 것이 아니라 애초에 성별에 관계없이 타인에게 자신의 말을 듣게 하려고 폭력을 쓰는 것 자체가 그릇된 행위다. "남자니까 돈을 벌어라."가 아니라, 협력해서 생계를 꾸려나갈 필요가 있는 것이다. 일방적으로 의존하는 관계는 좋지 않다. 그럼 전업주부는 어떻게 하냐는 반문도 있을 것이다. 일본의 보험이나 회사 제도는 남자가 일을 하고 여자는 전업주부가 되는 것이 표준인 것처럼 설계되고 그것을 바탕으로 사회가 구성되었기 때문에, 여자는 일할 곳이 없었다거나 전업주부가 될 수밖에 없었다고 하는 역사가 있다. 비난받아야 하는 것은 개인이 아니라 어느 한쪽의 성별에 전부 떠맡기려고 하는 사고방식과 사회제도이다.

페미니즘이라는 것은 이럴 때 유효해서, 남성이 일하는 게 당연하다는 식의 사고를 바탕으로 사회가 형성되었고, 그런 사회가 남성에게 유리하게 작용했다는 사실을 밝히고, 남녀의 수입 차이가 개인의 마음가짐이나 업무 능력에 기인하는 것이 아님을 밝혀내야 한다고 생각한다. 그리고 나는 이제까지 개인의 문제와 사회의 문제를 한데 뒤섞어 생각하느라 혼란스러웠던 것임을 깨달았다. 그리고 지금까지 아무것도 몰랐던 무지함을 부끄럽게 생각했다. 나 역시도 타인에 대한 우월감을 느끼거나 무의식적으로 상처를 주고 차별하는 일이 많았다.

누군가 지금의 나에게 페미니스트냐고 묻는다면, 그렇다고 생각한다. 내 나름의 페미니스트에 대한 정의는 성별과 관계없이 타인을 존중하는 사람이다. 그리고 페미니스트이고자 하는 자세가 성차별을 비롯한 그 밖의 차별을 없애간다고 생각한다.

사회운동은 중요하다. 참정권을 요구하고, 대학 진학과 사회 진출을 해 왔던 여성들의 힘이 있었기 때문에 현재 우리의 환경이 만들어졌다. 그 점에 대해서는 감사와 존경의 마음을 늘 품고 있다. 그렇다고 해서 공개적인 페미니즘 활동을 하는 것은 아니다. 그래도 나는 스스로 페미니스트라고 생각한다.

지금은 조용히 생활 속에서 실천해 가고 싶다. 그것은 재혼한 배우자와의 평온한 생활을 소중히 하려는 의지이며, 그동안의 무지함과 차별 의식을 반성하고 앞으로 타인에게 상처를 주지 않겠다는 뜻이다. 그리고 이제까지 겪었던 불쾌했던 경험에 근거해서 개개인의 취향이나 지향하는 목표에 함부로 침범하지 않겠다는 뜻이다. 물론 그런 태도는 하루아침에 만들어지지 않는다. 나 자신을 차별과 편견이 전혀 없는 인간이라고는 생각하지 않으며, 앞으로도 얼마든지 실수하는 순간이 있을 것이다.

나는 세간에서 말하는 페미니스트와는 조금 다르다고 할 수 있다. 그럼에도 불구하고 현실과 사상의 양쪽에 발을 딛고 앞으로는 균형을 잘 잡아 페미니스트로서 살아가고 싶다.

나에게는 집이 없다

나에게는 돌아갈 집이 없다고 생각했던 때가 있다.

그 집은 물리적으로는 존재하지만, 나는 그곳으로 돌아갈 수가 없었다. 내가 돌아가고 싶은 것은 그 집에서 즐거웠던 시절, 말하자면 추억 속이었다.

전남편의 두 번째 폭력이 있던 그 날 바로 집을 구하고, 남편이 부재중인 틈을 타 집을 나왔다. 임시 거처로 레오팔레스21(일본의 임대주택 관리회사로 수많은 물건을 보유하고 있고 단기 계약이 가능해서 유학생이나 사회 초년생들이 많이 이용한다. _옮긴이)에 살았다. 레오팔레스21은 굉장한 주거 시스템이다. 바로 당일부터 거주할 수 있고, 세탁기며 텔레비전이며 가구나 전자레인지도 전부 포함되어 있다. 물론 냉장고도.

그 집으로 옮긴 날, 오랜만에 잠을 편안하게 잤다. 더는 내 집에서 몸을 사리지 않아도 된다는 그 사실만으로도 날아갈 듯했다. 전남편의 태도에도, 날아오는 손찌검의 위협도 받지 않고 실컷 잤다.

마음에 드는 물건들로 조금씩 구비했던 생활 잡화는 전부 두고 나왔으니, 균일가 할인매장으로 생활용품을 사러 갔다. 7,000엔 정도에 어지간한 것들은 다 구비할 수 있어서 크게 놀랐다. 그리고 지금까지 쌓아 왔던 생활의 허망함을 느꼈다. 집은 내용물을 담는 그릇이고 생활 같은 것쯤이야 간단히 바꿔 넣을 수 있다고 생각했다.

사실 집이나 생활 같은 건 버리는 것도 만드는 것도 간단한 일이지만, 그것을 긍정하게 되면 일상을 유지할 수가 없다. 아니, 그렇다기보다 그 집 안에 담긴 애정을 믿을 수 없게 된다. 집도 생활도 애정으로 유지되는 것이기 때문에 그렇게 쉽게 무너지면 곤란하다.

사람들은 가족이나 부부를 핏줄도 지연도 아닌, 사랑으로 이어져 있다고 생각하고 싶어 한다. 그것이 영속적인 것이 아니라는 사실을 알게 되면 가족이라는 공동체의 근본이 흔들린다. 그렇기에 집이나 생활은 쉽게 버릴 수도 이룰 수도 없는 것이라고 믿고 싶어서 그만큼 집이나 생활을 견고하고 공고한 것으로 생각하며 결혼이라는 제도에도 의지하는 것이라고 생각했다.

하지만 그러한 믿음이 그 사람을 속박하게 된다면 그것은 의미가 없다고 생각한다. 거기서 벌어지는 일들이 그 사람의 생기와 활력을 빼앗고, 이미 알맹이는 없는데도 표면적인 생활을 유지하는 것만이 중시된다면 그러한 집이나 생활은 버리는 쪽이 낫지 않을까.

오시마 유미코의 『로스트 하우스』라는 만화에 "온 세상을 내 집으로 삼고 그 문을 활짝 열어놨어"라고 하는 대사가 있다. 나는 그 집에서 도망친 것이 아니라고 생각하고 싶다. 만화에 나오는 대사처럼 오히려 '온 세상을 내 집으로 삼았다'라고 생각하고 싶다. 내 집이 어디 있는지 아직은 모르겠다. 현재의 집이 여전히 임시 거처 같은 기분이 들어도 어쩔 수 없다. 그렇다고 해서 그 집으로 다시 돌아가고 싶진 않다. 그 집에서의 일은 이제는 전혀 떠올릴 필요가 없다.

나는 집을 잃었지만, 그 덕분에 다양한 장소에 갈 수 있었고 다양한 사람들과 만날 수 있었다. 내가 돌아가고 싶은 집은 앞으로 내가 만들어갈 것이다.

마지막

아주 많이 좋아했던 사람이 있다.

그 사람과 만날 때는 늘 이번이 '마지막'이라고 생각했다. 생각처럼 잘 만날 수 없는 관계에 한계를 느껴서 내가 먼저 그 사람에게 이별을 고했다. 그러나 그 후에도 깔끔하게 헤어지지 못하고 지지부진한 관계가 계속됐다. 연인이 생기면 연락을 끊었지만, 그렇지 않을 때는 만났다. 그의 연락은 언제나 느닷없이 왔고 그런 관계가 4, 5년간 계속됐다.

나는 그 사람과 안정된 관계를 구축하는 것을 차츰 포기하게 됐다. 좋아했지만, 그런 방식의 만남에 지칠 대로 지쳐 있었다. 그러면서도 무시를 하는 건 어려웠다. 나는 그 사람의 제멋대로인 행동에 짜증이 나면서도, 막상 내 연애나 일이 잘 안 풀리면 그 사람에게 전화해서 한참을 울면서 푸념을 늘어놓기도 했다. 누가 제멋대로였던 건지 모르겠다. 의존상태였던 것 같다.

그날도 여느 때처럼 불쑥 연락이 왔다.

만날까 말까 망설이다가 이제 정말 끝이라고 생각하고 만날 장소와 시간을 지정했다. 역 앞의 대형 쇼핑몰에 있는 커피숍에서 비싸기만 하고 맛도 없는 커피를 마시고 케이크를 먹었다. 그 사람은 맥주를 마셨다. 1년 만의 만남이었다. 말투도 술 마시는 스타일도 전혀 변함이 없었다. 약간 흰 머리가 늘어 있었다.

그와 만나고 있는 내내 되도록 무뚝뚝하게, 그리고 미묘한 심리전 같은 것을 할 틈을 만들지 않으려고 가능한 시시한 이야기를 했다. 이미 공통의 지인과는 피차 거의 만나지 않았다. 두 사람 사이에 공통 화제가 없으니 이야깃거리가 거의 없었다.

그가 약속시간이 다 돼서 돌아가겠다고 했다. 역까지 가야 하는데 길을 모르겠다고 해서 미로 같은 지하도를 지나 지하철역까지 바래다주었다.

집에 돌아오자마자 그 사람을 좋아했던 시절에 썼던 일기를 전부 꺼내 다시 읽어보고, 그런 다음 한바탕 울었다. "이제 더 이상 만나도 의미가 없어. 우리 관계는 이제 끝난 것 같아"라고 메시지를 보냈더니 "그러게, 우리가 이제 나이를 먹었다는 뜻이겠지?"라는 답장이 왔다.

'나이를 먹었다'라는 단어를 보니까 정말 그런 것 같았다.

최근 들어서는, 그래봤자 만나는 건 일 년에 몇 번뿐이었지만, 만난 지 얼마 안 됐을 무렵의 감정을 떠올릴 수 있는 순간이 좀처럼 없었다. 서로 여러 가지 일도 있었고 시간도 너무 많이 지나 있었다. 이제는 단순히 좋아하는 감정만으로 행동할 수 없게 된 것이다.

'안 만날 거야', '마지막이야'라고 하면서도 지지부진하게 4, 5년이나 흘렀다. 과연 진짜 '마지막'은 언제였을까.

이런 일이 있었다.

그 사람에게 "이제 보고 싶지 않아"라는 말을 두 번째로 듣고, 일절 연락을 하지 않고 얼마의 시간이 흘렀을 무렵이다. 그가 가까운 동네에 와 있다고 해서 만나러 갔던 적이 있다. 그 사람과 그 동네에서 만나는 건 처음이었고, 서로의 동네가 아니라는 점도 어느 정도 마음을 가볍게 했다. 그 사람은 성격상 정에 이끌리거나 어리광 같은 것을 별로 받아 주지 않는 면이 있어서, 늘 내 편이긴 했지만, 사생활에 개입하는 것은 허락하지 않았다. 그런 그가 그날은 웬일인지 자신의 가족 이야기를 꺼냈다. 이걸로 이제 마지막이라고 하는 홀가분함이 그 사람의 입을 가볍게 하는 듯한 기분이 들었다. 나는 마치 오랜 친구 같은 기분으로 그 이야기를 들었다. 그 사람과 계속 이런 식으로 이야기를 하고 싶었다.

나는 그 사람과 쭉 그렇게 서로 지지해 주는 관계가 되고 싶었다. 하지만 그 사람은 그런 관계를 바라지 않았던 것 같다. 결국, 그 사람과는 친구도 연인도 될 수 없었다. 그 사람과는 그저 좋아한다는 감정으로밖에 이어지지 않았다. 그리고 그런 관계는 좋아하는 감정이 사라지면 끝난다는 것도 알고 있었다. 그 관계의 희박함이 불안해서 나는 이름이 있는 관계를 바랐지만, 그 사람은 그렇게 하려 하지 않았다. 나는 그 점을 견딜 수 없었다.

그래도 좋아하는 마음이 남아 있는 동안은 만날 수 있었다. 하지만 그 감정조차 이제는 추억 속에만 존재한다. 이미 다 끝났는데도 불구하고 그 사실을 인정하고 싶지 않아서 좋아하던 때의 감정을 찾으려고 만났던 것뿐이다. 그리고 어느샌가 그 사실을 충분히 알 수 있을 정도로 나이를 먹었고, 그제야 드디어 깨달았다.

사랑과 가사노동

엄마가 처음 나에게 요리를 가르쳐 준 것은 아마도 초등학교 3학년인가 4학년 때로 기억한다.

간호사였던 엄마는 병원 일과 집안일 그리고 가업을 돕는 일에 쫓겨 늘 바빴기 때문에 딸도 슬슬 요리 정도는 할 수 있어야 한다고 생각했던 모양이다. 우선은 가장 간단한 요리인 카레 만드는 법을 가르쳐 주었다. 할아버지, 할머니는 들일을 하러 나가시고 부모님도 일을 하는 일요일 점심 같은 때는 내가 식사 당번이 되었다. 남동생은 아무것도 하지 않았다. 불공평하다고 생각은 했지만, 할아버지와 할머니도 일하는데 내가 아무것도 안 한다는 건 왠지 양심에 가책이 느껴져서 부탁을 받으면 식사 준비를 했다.

언젠가 한 번은 나 혼자서 뭔가를 만들어 먹고 있었더니 "누나니까 동생 것도 좀 해 줘라." 하고 할머니가 말씀하셨다. 할머니는 히스테릭한 성격에 구시대적인 남존여비 사상이 강한 분이라 그런 할머니와는 커가면서 점점 거리를 두게 되었다. 반론해 봐야 제대로 받아들여 주지도 않고, 같은 이야기를 계속 들어야 하는 게 지겨웠다. 중학생이 되고 나서는 "네, 네" 하고 대답만 했더니, 되돌아오는 말이 없다는 것을 깨닫고 그 이후로는 할머니의 말을 흘려듣는 법을 터득했다. 집안일도 공부도 안 하면서 그저 장남이라는 이유만으로 우대를 받고, 반항하면서도 엄마한테 딱 붙어 있는 남동생도 경멸했다. 얼마 안 있어 남동생은 인스턴트와 편의점의 맛을 좋아하는 나이가 되어 집에서 한 음식에는 눈길도 주지 않게 되었다.

우리 집의 식사 방식이 특이하다는 사실을 알게 된 것은 대학생이 되고 나서였다. 같은 과 친구에게 저녁 식사를 가족 따로따로 먹는다고 했더니 친구는 몹시 놀라워했다. 그 친구의 가족 구성은 공무원인 아버지, 전업주부인 어머니, 그리고 언니가 한 명 있었다.

우리 집은 그녀의 집처럼 어머니가 밥을 차리고 아버지가 자리에 앉을 때까지 기다렸다가, "잘 먹겠습니다." 하고 젓가락을 들면 가족이 다 같이 먹고, 아버지의 월급 덕분에 온 식구들이 생활할 수 있으니 아버지에게 감사해야 한다는 분위기의 가정이 아니었다.

가족들이 다 함께 식탁에 둘러앉았던 기억은 초등학생 때와 설날 정도였다. 노인은 점점 해가 갈수록 일찍 잠자리에 들게 되고, 아이들은 자라서 학교에서 돌아오는 시간이 늦어졌다. 그 친구의 집처럼 식구가 적고, 회사원과 학교라는 비슷한 리듬으로 움직이는 구성원과 달리, 우리 집은 일곱 식구나 되는 데다가 다들 생활시간이 안 맞았다. 그렇다 보니 다 같이 매일 똑같은 시간에 똑같은 음식을 먹기는 어려웠다. 농촌의 생활과 회사원과 병원의 생활 리듬은 다르기 때문에 시간이 안 맞는 건 어쩔 수 없었다고 생각한다.

그러한 상황을 설명하고 "엄마의 일은 불규칙하고, 노인도 계셔서 다들 생활시간이 달라서 어쩔 수가 없거든." 하고 말했지만, 그 친구는 좀처럼 이해하기 어려운 듯 믿을 수 없다는 표정을 지었다. 우리 집이 표준이 아니라고 하는 것 같아서 별로 기분은 좋지 않았다.

그 친구가 우리 집에 놀러 왔을 때 한 집에 다양한 맛의 음식이 있다는 것도 신기해했다.

할머니는 전쟁 전에 태어나 설탕이 귀했던 시절을 보낸 보상심리 때문인지, 모든 음식에 설탕을 넣었다. 단호박도 가지 조림도 시금치 무침도 두부, 계란말이도 전체적으로 달았다. 엄마는 젊을 때는 유행을 좋아해서 튀김이나 화이트소스 그라탱처럼 손이 많이 가는 메뉴를 종종 만들었지만, 중년이 되면서 반찬가게에서 사 온 반찬을 늘어놓거나 볶음국수 같은 간단한 요리를 하는 빈도가 늘어갔다. 할머니는 전통적인 음식을 만들고, 엄마는 사거나 미디어에서 보고 들은 여러 음식을 만들었다. 다양한 맛의 음식이 식탁에 있었다. 엄마만 요리를 하는 집에는 한 가지의 '어머니 손맛'밖에 없었으리라.

나는 재혼을 한 후 한동안 딱히 할 일이 없어서 매일

요리를 하고 페이스북에 업로드를 했는데, 어느 날 친구가 적은 코멘트 중에 '먹은 음식의 사진을 적극적으로 올리게 된 그 심경의 변화(?)가 참 재미있다'라는 것이 있었다.

나한테 심경의 변화가 있었던 걸까?

그러고 나서 내가 만든 요리의 사진을 가만히 바라봤더니, 첫 번째 결혼생활 때와 만드는 메뉴가 크게 다르지 않다는 것을 깨닫고 많이 놀랐다. 기본적으로는 일본요리를 주로 하고, 재료가 없거나 대충하고 싶을 때는 카레나 파스타. 가끔 정성을 기울여 만드는 양식.

뭐가 제일 달라졌는가 하면, 당연히 음식을 먹는 상대가 바뀌었다는 것이다.

예전에는 요리를 포함한 가사노동이 너무 힘들고 괴로웠다.

이전 결혼생활에서 나는 애정을 가지고 가사노동을 해야만 했다. 거기에 지쳤다. 전남편은 내가 "집안일을 하느라 피곤하다."고 할 때마다 불편한 심기를 드러냈다. 그때마다 "요령이 없어서", "느릿느릿 늘어지게 하니까", "집안일은 피곤하든 아니든 해야 하는 일"이라면서, 결코 자기가 도우려고 하진 않았다. 나는 전남편을 위해 무엇이든 기쁜 마음으로 해야만 했다. 나는 전남편이 정신적으로 의존할 수 있는 보호자였으니까. 그런데 너무나 많은 일로 인해 전남편에게 실망과 미움의 감정만 남게 됐다. 애정 따위는 전혀 없는데도 애정이 있는 척하며 요리를 하느라 에너지를 소모했다.

이혼하고 재혼하기 전까지는 사흘 정도 똑같은 음식을 먹기도 하고, 일주일에 세 번 정도 인스턴트 라면이나 볶음국수를 먹는 생활을 했다. 요리에서 해방되니 그렇게 편할 수가 없었다. 갓 지은 밥밖에 안 먹었던 전남편이 남긴 찬밥을 점심에 오차즈케(녹차 물에 밥을 말아 김이나 우메보시 등의 고명을 올려 먹는 일본 음식 _옮긴이)로 먹지 않아도 된다. 매일 내 마음대로 먹고 싶을 걸 먹을 수 있다. 요리하기 싫으면 안 해도 된다. 나는 그 자유로움이 더할 나위 없이 기뻤다.

그런 일이 있고 나서, 어머니의 손맛이나 아내의 손맛이 가정을 만든다는 말에 반발심이 생겼다. 미묘하게 진화는 하고 있겠지만, 내 요리의 맛은 아마도 거의 변함이 없다. 애초에 엄마에게는 요리의 기초 정도밖에 배우지 않았다. 나는 엄마가 가지고 있던 오래된 요리책을 보며 여러 가지 요리법을 익혔다. 그러니 기본적으로 내 요리의 맛은 잘 모르는 요리 연구가가 쓴 요리책의 맛이다. 더군다나 그 책은 이혼으로 인해 정신없던 때에 어디론가 치워버렸다. 전남편이 버리지 않았다면 지금도 그 집 부엌 어딘가에 있을 것으로 생각한다.

내 손맛은 똑같은데 전남편과의 생활과 지금의 생활은 전혀 다르다. 내가 한 음식의 맛이 가정을 만드는 게 아니라, 나와 결혼 상대 둘이서 가정을 만드는 것이다. 내 요리의 맛은 본질이 아니다. '우리 집의 맛', '요리에 애정', '어머니의 손맛', '아내의 손맛이 가정의 핵심' 같은 그런 말은 쓰레기통에 버리시길. 그런 것들은 엄마나 주부, 아내 같은 역할에서 낭만을 찾고 싶은 사람이 사용하도록 하면 된다. 할머니의 잔소리를 한 귀로 듣고 한 귀로 흘렸듯이, 엄마나 주부나 아내를 집에 붙들어 매기 위한 억지 논리 따위는 한 귀로 듣고 한 귀로 흘리면 된다. "저는 매일 손수 만든 요리로 남편을 대접해요." 하는 말 따위는 딱 질색이다. 집안에는 다양한 맛이 있어도 된다. 하루 세 번 몇 가지 음식을 꼭 먹어야 하는 것도, 국물과 기본 반찬 세 가지를 차려야 하는 것도, 그것을 온 가족이 모여서 먹어야만 하는 것도 아니다. 식사 문제로 집안에서 누군가가 억압받는 것보다도, 먹고 싶은 음식을 즐겁게 먹고 가족과의 관계가 좋은 쪽이 낫다. 인스턴트 라면이면 어떻고 반찬가게에서 사 온 반찬이면 어떤가. 당당하게 식탁에 올라와도 좋다.

나는 사랑과 가사노동을 좀 더 분리하고 싶다. 사랑이 있으니까 가사노동을 하는 것도, 가사노동을 하니까 사랑이 있는 것도 아니다. 그런데 '사랑과 가사노동'의 주문은 강렬해서, 방심하면 어느새 사랑과 가사노동을 저울질하기에 십상이다. 나는 오늘도 부엌에서 사랑과 가사노동이 지니는 모순과 고군분투 중이다.

남편 없는 금요일

남편이 출장으로 이주일 가까이 집을 비웠다. 집에서 한 사람 빠진 것뿐인데 시간이 너무 많이 남는다.

결혼을 하면 바뀌는 것들이 많다. 성姓, 직업, 자산, 집, 사는 지역 등 다 헤아릴 수도 없지만 가장 크게 바뀌는 것은 생활 리듬이다. 집안일은 한꺼번에 정리해서 하는 게 가장 효율적이기 때문에 어쩔 수 없이 제일 바쁜 사람이나 중심이 되는 사람의 생활 리듬에 맞춰서 생활하게 된다. 나는 남편의 생활에 맞춰 취침하고 기상하게 됐다. 내가 매일 하는 일은 밥 짓기, 요리, 욕조 청소, 세탁. 어쩌다 청소와 장보기. 가끔은 남편도 집안일을 한다.

그렇게 해서 조금씩 남편의 생활 리듬에 익숙해지고, 매일 당연하게 했던 집안일은 남편이 없으면 곧바로 줄어든다. 밥을 일 인분만 짓기가 왠지 귀찮아서 인스턴트 라면이나 우동 혹은 파스타를 먹는다. 욕조에 뜨거운 물을 받는 게 왠지 아까워서 샤워만 한다. 더러워진 세탁물의 양이 줄어서 세탁은 일주일에 한두 번만 한다. 몇 시까지 깨어 있어도 상관없고 무엇을 먹어도 상관없다. 그때까지 집안일 하느라 쓰거나 남편과 보내느라 썼던 시간이 남는다. 그러자 문득 혼자라는 게 이런 느낌이었나 싶어 어쩐지 까마득한 기분이 들었다. 결혼한 지 일 년밖에 안 지났는데 벌써 혼자 살던 때의 감각이 가물가물하다.

남편이 없는 금요일, 오랜만에 맥주를 마시고 영화를 보며 밤늦게까지 깨어 있어 본다. 집 주변은 쥐 죽은 듯이 고요하다. 가끔 들리는 자동차 소리. 그렇게 아무도 없는 집에서 한밤중에 영화를 보고 있으니, 마치 내가 영화 속 등장인물이 된 것 같은 기분이 든다. 그들과 마찬가지로 일상에서도 나 자신이 '가족'을 연기하고 있다고 생각할 때가 있다. 아내로서의 나, 가족 안에서의 나. 그것은 혼자 있을 때의 나와는 조금 다르다.

나는 이런 사람이라고 나 혼자서 규정지었던 윤곽은 남편이 생각하는 내 윤곽과는 다른 형태를 하고 있다. 나의 윤곽은 출렁이는 파도처럼 변해 간다. 그 윤곽은 늘어나기도 하고 줄어들기도 하면서 남편과 둘이서 가족이라는 또 하나의 윤곽을 만들기도 한다.

그 윤곽 속에 있는 것은 사랑이나 혈연, 법률이 아니라 생활이다. 우리는 같은 음식을 먹고 함께 시간을 보낸다.

함께 자고 함께 일어나며, 청소나 빨래, 욕실 사용에 관해 티격태격하면서 점차 서로의 사고방식이나 취향을 알게 되어 거기에 맞추기도 하고 맞춰지기도 하며 하나의 윤곽을 만들 것이다.

혼자서 보는 영화는 길고 맥주를 비우는 건 순식간처럼 느껴진다. 오랜만에 혼자 있으니 나의 윤곽이 흔들리고 있다. 혼자 있으면 꿈에서 깬 듯한 기분이 들고 제정신으로 돌아온 것 같은 느낌이 든다. 혼자인 나도, 남편과 함께 있을 때의 나도 양쪽 다 내 일부다.

화요일에는 남편이 돌아온다. 다시 나의 윤곽은 조금 달라질 것이다.

가족 2.0

가족의 형태를 결정짓는 것

캐나다에 있으면 가족이나 남녀교제에 대한 사고방식이 일본과 전혀 달라서, 최근 몇 년간 일본에 있을 때 내가 고민했던 것들이 전부 훅 날아가 버려 어쩐지 좀 허무해진다.

이를테면 이혼 같은 것이 그렇다.

나는 처음 결혼을 하고 혼인 신고서를 낸 지 2년 만에 이혼했다. 그렇게 생각하지 않아도 되는데, 타인의 이목을 신경 쓰고 내가 배우자를 선택하는 안목이 없었다고 후회를 하거나 이혼했다는 이유로 인생에 실패했다는 생각을 하기도 했었다. 그런데 캐나다에서는 이혼율이 약 50%에 가까운 모양이다. 게다가 재혼, 삼혼을 하면 동시에 그 비율은 더 높아진다고 한다.

결혼한 사람 절반 정도가 이혼하는 분위기의 사회라면, 확실히 본인이나 주변 사람들이 이혼을 받아들이는 방식도 다를 것이다. 이혼을 자연스럽게 생각해서 어쩌다 보니 궁합이 안 맞았던 정도라고 받아들이고, 이혼했다고 해서 그 사람을 인간적으로 실패한 사람이라고 간주하거나 배우자 고르는 안목이 없다는 식으로, 이혼과 그 사람의 인간성을 필요 이상으로 관련지으려고 하지는 않을 것이다.

어째서 일본과 캐나다에서는 이토록 사고방식이 다른 것일까. 일본에서는 자식이 부모(혹은 집안)에게 소속된다는 사고방식이 강하고, 이혼하면 가족이 뿔뿔이 흩어지게 된다는 이미지가 있다. 따라서 자식이 있는 부부는 최대한 이혼을 피하려는 사람이 많은 것 같다.

그러나 캐나다에서는 부모가 일주일 중 절반씩 자식을 돌보는 방법이 있다고 한다. 또한, 인간은 '집'에 속하는 존재가 아니라, '개인'이라는 사고가 강하다. 그리고 주위에도 이혼한 사람이 많기 때문에 일단 형성된 가족을 따로따로 흐트러뜨리는 건 좋지 않다고 하는 무언의 압력이 적은 것 같다.

하지만 만약 이혼 금지 국가에 간다면 이야기는 전혀 달라지겠지만 말이다.

혼인제도에 관해서도 그렇다.

일본에 있을 때 주위에 혼인제도에 부정적인 사람이 몇 명 있었다. 그 당시 나는 결혼이라는 제도에 그렇게까지 부정적이지는 않았었기 때문에 그러한 비판에는 솔직히 별로 공감이 되지 않았다.

하지만 법률이라는 것은 결혼에 대한 여러 가지 요건을 내세우고 있고, 사람들은 그에 근거해 행동하고 사고하기도 한다는 사실을 최근 깨달았다.

예를 들어, '부부는 성관계를 해야 한다, 부정행위를 해서는 안 된다, 함께 살아야 한다. 그래서 성관계가 없다거나 부정행위는 이혼 사유가 되고, 몇 개월인가 별거했다면 조정에서 유리해진다.'와 같은 것들이 있다.

그렇게 생각하면, 결국 그 말은 법률에 의해 행동을 제한받고 있다는 것이 아니겠는가? 혹은 일본에서는 결혼에 관해 당연하다고 생각했던 것들이 다른 국가에서는 규정이 달라지지는 않을까? 그러한 의문을 품게 되었다.

또한, 가족의 형태 같은 건 당사자들끼리 상의해서 결정하면 될 것 같은데 그에 대해 국가가 규정하고 있다는 건 어딘가 좀 이상하다는 느낌이 들었다. 그리고 그에 근거해서 보통의 가족이란 형태를 결정하는 것도 이상한 것 같다는 생각을 하기 시작했다.

캐나다는 사실혼도 할 수 있고 자식이 혼외자 차별을 받는 경우도 적다고 한다. 법률혼을 하는 이유는 국제결혼을 했다든가, 이민을 왔기 때문이라든가, 가족이 전부 국경을 건너는 경우나 가족 간의 국적이 다를 경우일 때가 많다고 한다.

왜냐하면, 국가에 따라 사실혼의 정의가 달라서 비자를 취득할 때 사실혼 관계에 있다는 것을 증명하기 어려워서 법률혼을 선택하게 된다고 한다. 그 밖에도 아파서 입원했을 때 가족 외에는 면회를 할 수 없다는 문제도 있어서 법률혼을 선택하는 사람도 있다고 한다.

　그리고 성性과 남녀 교제의 개념도 상당히 다른 것 같다.

　캐나다의 데이트란 일본에서 말하는 데이트와 좀 달라서, 사귀지 않더라도 섹스가 포함된 경우도 있다고 한다.

　일본에서는 몇 번 데이트를 한 후 고백을 하고 남자친구나 여자친구가 되고 나서야 섹스를 한다고 하는 흐름이 일반적이다. 그러나 캐나다에서는 우선 데이트를 하고 섹스도 포함해서 서로의 궁합을 잘 확인한 다음 사귄다는 흐름인 것 같다. 따라서 동시에 데이트 상대가 여러 명인 경우도 있고, 데이트를 몇 번 거듭해도 그것이 곧바로 연인관계로 발전하는 것은 아니라고 한다.

　다만, 역시나 서로 간의 오해는 있을 수 있어서 한쪽은 데이트 상대로밖에 생각하지 않는데, 다른 한쪽은 연인이라고 생각하고 있다는 간극이 발생하는 경우도 있는 듯하다.

나는 지금까지, 예를 들어, 남성과 교제할 때 '연인이란 이런 것'이란 느낌으로 '사귀자'고 다가오는 사람은 왠지 좀 불편했다. 옷이나 헤어스타일에 관해 이런저런 잔소리를 듣거나 행동에 제약을 두는 등 미묘하게 답답한 경우가 많았다. 하지만 연인이란 원래 그런 거라는 말을 들으면, 경험이 부족하다 보니 제대로 항변을 할 수도 없을 뿐더러 '상대방이 경험이나 상식적인 면에서 더 풍부하니까 내가 아니라고 생각해도, 세간에서는 그런 거겠지.'하고 사고가 정지되는 부분도 있었다.

그리고 세상에는 성에 대해 다양한 판타지가 있다. 불과 얼마 전까지는 "여자는 남자들에게 많은 것들을 받고 나서 허락해야 한다"라느니 "돈이나 선물을 많이 받을수록 여성으로서 사랑받고 있다"라든가 "많은 사람과 경험이 있는 쪽이 인간적으로 매력이 있다." 같은 말들을 아주 그럴싸하게 해댔다. 이성으로서의 매력과 인간으로서의 매력은 별개인데도 불구하고 경험이 없어서 제대로 판단을 하지 못하고, '다들 그렇게 말하니까 그런 건가 보다' 하고 나 자신의 자각보다도 세간의 말들에 휩쓸렸던 부분도 있었다.

그런데 캐나다에 살면서 다른 사고방식도 있음을 알게 되고, '국가에 따라 이렇게 기본적인 상식이나 사고가 다를 수도 있구나.' 하는 생각을 하니 마음이 아주 편해졌다.

또 한 가지, 가장 놀랐던 것은 오픈 릴레이션십이라는 사고방식이다.

캐나다인에게 들은 바에 따르면, 오픈 릴레이션십이란 연인관계라 하더라도 자신의 파트너가 다른 사람과 관계를 갖는 것을 상호 간에 이해하고, 복수의 사람과 연인이 되거나 성적 관계를 갖는 것을 전원 동의하에 행하는 관계를 말한다. 상대방과의 합의를 전제로 그런 관계가 되기 때문에 거기서 바람이니 불륜이니 혹은 양다리라느니 하며 다투는 일은 없는 듯하다.

나는 불륜이나 바람기로 인해 타인을 무분별하게 공격하는 최근의 풍조에는 위화감을 품고 있었다.

반대로 "남자의 바람은 능력이니까 여자는 그것을 웃으며 용서해야 한다"라고 하는 일본의 옛날식 사고방식에도 의문을 가지고 있었다.

그리고 인생에서 성적인 관계나 연애를 중시하는 사고방식을 가진 사람들이, 연애를 중요하게 생각하지 않거나 일대일 관계를 중시하는 사람들에게 "이제까지의 연애상식에 얽매여 있다"라고 비판하는 듯한 태도 또한 의문이 들었다.

오픈 릴레이션십은 그것을 원하는 사람들끼리 동의하에 맺는 관계 방식이다. 그에 대한 판단은 별개로, 개인의 연애에 대한 태도를 존중하는 점과 남녀관계를 이해하는 폭이 상당히 넓다는 점에서는 좋다고 생각한다.

사랑만이 가족을 이어준다?

요즘 시대는 가족에게 지나치게 다양한 기능을 부과하고 있는 것 같다.

그야말로 요람에서 무덤까지, 함께 산다 / 섹스를 한다 / 자식을 낳는다 / 자식을 키운다 / 병간호를 한다 등 이렇게 평생 가족끼리 해로하는 것이 이상적인 형태로 여겨진다.

하지만 정말로 그럴까. 내 할아버지는 피 한 방울 섞이지 않은 집에 들어갔고, 할머니는 피 한 방울 섞이지 않은 자식을 키웠다. 이렇듯 과거의 가족 형태도 꽤나 하이브리드적인 느낌이었는데. 서로 사랑해서 맺어진 남녀가 함께 살며 자식을 낳아 성인이 될 때까지 양육하는 것이 당연하다는 건 근대의 한정된 시대에서만 성립하고 있는 게 아닐까.

그렇게 생각하자, 지금까지 이상적이라고 생각했던 서양의 사고방식, 즉 언제까지나 부부가 남녀 관계로 존재하며 키스와 허그, 섹스를 꼭 해야 한다는 것이 비정상적이라고 생각하게 되었다. 연애로 맺어진(아마도 그랬을) 부부에게 성관계가 없어지는 것은 사랑이 없어지는 것과 마찬가지라고 하는 건 편협한 사고방식이 아닐까. 그런 생각을 하니까 성관계가 없는 이유는 상대방에게 매력을 느끼지 못해서라거나 다른 이성에게 마음을 빼앗겼기 때문이라는 식으로 상대방을 힐책하기 시작한다.

문화 인류학자인 스가와라 가즈요시가 쓴 『부시먼으로 살아가다 – 들판에서 생각하는 말과 신체』(주코신쇼)라는 아프리카를 조사한 책에는 부부에게 서로 연인도 있고 보통의 가족도 있다고 한다.

최근에는 다양한 사람들이 블로그나 책을 통해 가족을 확장한다든가, 연애 외의 방식으로 가족을 형성한다든가, 혼인 관계 없이 아이를 낳는 것에 대해 말을 하기도 하고 실행하기도 한다. 주위 친구 중에도 실제로 그러한 것에 도전하고 있는 사람도 있다.

그리고 그것은 다양한 사람의 관점에서 좋은 것 같다. 원래부터 연애감정을 잘 못 느끼는 사람이나 동성의 연인이 있는 사람도 가족을 만들고 싶다는 희망이 있다면 연애를 거치지 않고 가족을 만들 수 있다고 하는 선택지가 있는 편이 좋기 때문이다.

최근에 자주 생각하는 것은 가족의 형태에도 연인의 형태에도 정답은 존재하지 않는다는 것이다. 가족이 주는 압력이 너무 강해서 본래 인간은 모두 개별적인 존재라고 하는 것을 잊어버리게 된다. 그리고 곧바로 '○○가의~, 여자인~, 아내인~, 아이가 없는~, 서른이 다 된~' 등과 같은 다양한 집단에 흡수되어, 그 집단의 생각을 쉽게 받아들이게 된다.

결국, 나는 지금까지 시대와 장소에 한정된 편협한 세상 속에서 이상적이라고 생각하는 틀을 찾아 거기에 자신을 끼워 맞추고, 스스로 가족의 형태를 축소하고 있었다. 따라서 다양한 국가와 다양한 시대, 다양한 사람들이 형성하는 가족의 형태를 이해하는 것은 앞으로의 가족의 형태를 만드는 데 있어서 도움이 될 것이다.

새로운 가족의 형태

가족이라는 것은 불합리함을 내포하고 있다. 태어나는 장소도 부모도 선택할 수 없다. 자식은 부모에게 의지하지 않으면 성장할 수 없다. 마음이 맞지 않고 싫은 감정이 들어도 함께 있지 않으면 생활이 불가능하다. 결혼도 마찬가지라서 타인끼리 부부가 되는 순간 좋든 싫든 간에 같은 존재로 간주된다. 가족이라는 이유만으로 세트처럼 취급되고, 좋고 싫고 상관없이 운명 공동체로서 행동하도록 집안에서도 밖에서도 요구된다.

캐나다에 있을 때 읽은 것 중 시베리아에 억류됐던 시인인 이시하라 요시로가 쓴 『망향과 바다』(지쿠마가쿠게이분코)에 이런 이야기가 있었다. 시베리아 수용소에서는 식사 배급이나 잠을 잘 때 2인 1조가 아니면 살아남을 수 없는 상황이 많았다고 한다. 그런데 그러한 상황에서도 서로 간의 신뢰보다는 오히려 불신과 증오가 더 컸다고. 그 체험을 통해 이시하라 요시로는 "깊은 고독의 인식만이 실은 깊은 연대를 초래한다"라고 생각하게 되었다고 한다. 그걸 읽었을 때 머리를 얻어맞은 듯한 충격을 받았다.

　이것은 그야말로 가족을 말하는 것이 아닌가.

　미움과 불신이 있어도 좀처럼 헤어질 수 없는 것이 바로 가족 그 자체다. 나는 이제까지 가족이란 사랑과 신뢰가 있어야 한다고 막연하게 생각하고 있었다. 그렇지 않은 가족은 규격에서 벗어난 것으로 생각했다. 하지만 규격에서 벗어난 가족이라고 해서 그렇게 간단히 가족을 버릴 수 있을까. 좋든 싫든 포기하려야 포기할 수 없는 것이 바로 가족이지 않을까. 애초에 사랑의 많고 적음으로 가족의 가치를 결정한다는 것은 어리석은 판단이다. 그렇기 때문에 인간은 고독으로부터도 연대할 수 있음을 알게 된 순간, 왠지 희망 같은 것을 느낄 수 있었다.

　나는, 우리는, 앞으로도 포기와 희망의 모순을 끌어안으면서도 절망하지 않고 가족을 꾸려 나갈 것이다.

　새로운 가족의 형태를 우리가 만드는 것이다.

내가(우리가) 만드는 것은 가족 2.0

어떠한 형태가 될지는 잘 모르겠다.

공동 경영자, 생활 협동체 같은 집단으로

서로 간의 장점이 있고 상대를 존중하며 생활한다.

사랑은 의무가 아니다.

자식은 태어나면 그 자체로 축복이고 행운이지만,

자식을 낳는 것이 절대적인 것은 아니다.

혈연관계도 절대적인 것이 아니다.

그리고 서로의 이해가 있다면 해산할 수도 있다.

그런 집단은 과연 가능할까?

어떤 형태가 될지 모르겠다.

하지만 겉모습만 보고 상대에게 많은 것들을

멋대로 기대하거나 포기하거나

절망하지 않으려 한다.

가족의 개념은 스스로 갱신할 것이다.

그리고 다양한 것들을 시도해 보고 싶다.

전통, 종교, 국가, 연장자?

지금까지의 가족이 그러한 요소들로 만들어지면서

올바르게 형성된 부분도 있을 것이다.

하지만 미래를 살아갈 우리가 결정할 것들도 있다.

앞으로의 가족의 형태를 만드는 것은

현재와 미래를 살아갈

나, 그리고 우리다.

염원을 보내다

    지나온 최근 7년간 내가 생각하지 못한 방향으로 인생이 움직이다 보니 인생의 방향키를 나 자신이 쥐고 있다는 인식이 희미해져 있었다. 마침내 나 스스로 뱃사공이 되어 노를 저을 수 있게 되었으면서도, 나는 배를 젓는 사람으로서의 자신이 못 미더워서 정처 없이 이리저리 구불거리며 좀체 방향을 정하지 못했다.

그 가운데에서 아주 훌륭한 만남도 있었고, 타인에게 좋은 평가를 받을 때도 있었지만, 나는 그걸로 만족스럽다고 여기질 못했다. 더 높은 목표를 설정하고, 그곳으로 가는 과도기라 즐거워할 수가 없다는 것도 아닌, 그저 단순한 불만이었다.

미즈키 시게루(일본 요괴 만화의 거장. 2차 세계대전에서 폭격으로 왼팔을 잃었으나, 그 후 만화를 그리며 요괴 만화의 일인자가 되었다. _옮긴이)가 전쟁에서 돌아온 후, 이 세상에서 가장 힘든 사람은 초년병이고, 한동안 타인을 동정하지 못했다는 에피소드를 읽은 적이 있다. 부끄럽지만 솔직히 말해서 나도 마찬가지로 나 자신이 가장 불쌍하다고 생각했었다.

삶의 원동력이라고는 언젠가 반드시 더 훌륭해진 모습으로 복수하리라는 마음이었다. 그러나 복수하고 싶은 사람은 이미 인연이 거의 끊어졌다. 평가 기준이 나 자신이 아니라 다른 사람이었기 때문에 아무리 성과를 올려도

만족할 수가 없었다.

드디어 새로운 인생을 향해 나아가기 시작했는데, 그 생활은 평온하고 잔잔한 바다처럼 느껴졌다. 그러나 내 마음속에는 아직 폭풍이 남아 있었다. 사람들은 "언제까지 옛날 일에 사로잡혀 살 거냐"고 쉽게 말한다. 입 밖에 내지 않을 뿐이지, 나는 여전히 첫 번째 결혼과 이혼, 좋아하는 사람과의 이별을 인생에서 어떻게 평가해야 좋을지 알지 못했다. 내가 이혼했다는 사실을 인생의 오점처럼 느끼고 있었다. 그리고 그 원인을 제공한 사람을 나 자신도 포함해 계속 미워하고 있었다. 그런 감정들로 인해 많이 지쳤지만 어떻게 하면 그런 감정을 제거할 수 있는지 알지 못했다.

그래서 나는 행복을 놓치고 있었다. 너무 오랫동안 마음이 미움과 불안에 지배당한 탓에 행복이 무엇이었는지

잊고 있었다.

오랜 시간, 가족이었던 사람들에게 품고 있던 불만이 아직 마음속 응어리처럼 남아 있어서 아무리 시간이 지나도 자연스럽게 과거에서 해방될 수 없었다. 임시 거처였던 레오팔레스에서 혼자 울고 있던 내 모습을 잊을 수가 없었다. 행복하다는 생각이 들 때면 그 모습이 눈앞에 떠올라 가만히 있을 수가 없었다. 울고 있던 그 모습이 떠오를 때마다, 꼭 전해질 거라 믿으며 "반드시 괜찮아질 거야." 하고 과거의 자신을 향해 염원을 보냈다.

나는 더 이상 내 인생의 불행을 누군가의 탓으로 돌리고 푸념만 늘어놓는 것을 그만하고 싶다. 이미 다 끝난 일로써 과거를 어딘가에 잘 넣어두고 싶다. 나는 이혼 후 더 오기를 부려 내가 행복해짐으로써 나에게 상처를 준 사람들에게 복수하리라고 다짐했다. 하지만 그렇게 하니까 끊임없이 과거가 나를 따라왔고 그럴 때마다 화가 나서

참을 수가 없었다. 그렇기 때문에 내 인생의 실패와 이별을 제대로 받아들이고 싶다. 용서를 할지, 과거의 일을 더는 탓하지 않을지, 없었던 일로 할지 하는 문제가 아니라 내게 무슨 일이 있었는지를 확실하게 이해하고 그 과정에서 입었던 상처나 미움과 증오를 모두 버리고 지금의 가족과 행복해지고 싶다.

최근 몇 년간, 과거의 내 염원이 나를 지탱해 준 것이 아닐까 하는 생각을 한 적이 몇 번이나 있었다. 그리고 지금, 나는 내 미래가 밝을 거라고 낙관적으로도 믿고 있다. 그것은 어쩌면 미래의 내가 지금의 나에게 '괜찮아'라고 염원을 보내고 있기 때문일지도 모르겠다. 그것은 바꿔 말하자면, 과거의 자신과 미래의 자신을 믿는다는 것이다. 자기 자신을 믿어주기만 한다면, 큰 실패를 하더라도 몇 번이고 다시 일어설 수 있다.

이혼했을 때, 다시 한번 새로운 인생이 시작될 것이라고 믿으며 다시 태어난 기분으로 살아왔다. 그런 속에서 인생을 다시 손에 넣었다고 느낀 순간이 몇 번이나 있었다. 어쩌면 앞으로의 인생에서 어려움은 또 있을지도 모르겠다. 그럴 때는 괜찮아질 거라고, 미래의 나를 향해 염원을 보낼 것이다. 그렇게 나 자신을 믿고, 현재와 미래만을 바라보며 살아가고 싶다.

이혼하고 3년쯤 지났을 때의 일인 것 같다. 결혼생활을 할 때 전남편과 자주 갔던 찻집에서 우연히 그를 본 적이 있다. 가게에 들어서자 사장님이 "오늘 서로 약속이라도 했어요?"하고 물었다. 그게 무슨 말인가 싶어 의아했다. 나는 그 가게에 가면 대개는 카운터석에 앉아 가게 주인과 이야기를 하는데, 그날만큼은 먼저 온 손님이 있었다. 그 가게에서 카운터석에 앉는다는 것은 백 퍼센트라고 해도 좋을 만큼 가게 주인과 이야기를 하고 싶어서 앉는 것인데 그 사람은 한마디도 하지 않았기 때문에 그 또한 이상하다고 생각하면서 다른 자리에 앉았다. 그 사람이 계산을 마치고 나간 후에 아차 싶었다.

그러고 보니 눈에 익은 옷을 입고 있었다. 전남편이었다. 처음에 사장님이 했던 말도 그제서야 이해가 갔다. 나는 그 사람이 전남편이라는 사실을 전혀 눈치채지 못했다. 그럴 만큼 용모가 변해 있었다. 그러나 내가 그 이유를 알게 될 일은 평생 없으리라. 전남편은 내게 타인이 되었기 때문이다.

약혼, 상견례, 결혼식. 타인이 가족이 되기 위해서는 여러 가지 의식이 필요하다. 주변 사람들도 두 사람을 가족으로 대하고, 그 사람과 가족이 되겠다고 하는 자기 자신의 마음의 준비가 생긴다. 하지만 헤어짐에는 그런 것들이 없다. 형식상으로는 가족이더라도 서로의 마음은 이미 멀어지고 고독 속에서 이별을 마주하게 된다.

종이 한 장으로 가족이 되기도 하고 남이 되기도 한다. 종이 상으로는 간단하더라도, 거기에 담기는 애정이나 미움을 간단히 다 지울 수 있는 것이 아니다.

나는 이혼을 함으로써 전남편과의 사랑에 실패했다고 생각했다. 좋아했던 사람과 끝까지 함께하지 못했던 것도 줄곧 마음속 응어리로 남아 있었다. 지금 남편과의 생활이 행복한지 아닌지와 별개로, 과거 사랑에 좌절했다는 생각이 자신을 괴롭히고 있었던 것 같다.

그러나 최근에 문득 생각이 바뀌었다. 똑같은 사람과 똑같은 열량으로 서로를 생각하며, 평생 함께 있는 것만이 사랑을 완수하는 것은 아닌 것 같다. 사랑에도 여러 가지 형태가 존재한다. 미워서 용서하지 않겠다고 생각하는 것도, 서로를 애지중지 여기고 다정하게 대하며 생활하는 것도, 이제 존재하지 않는 사람의 추억을 가슴 속에 담아두고 그 마음으로 가슴이 꽉 차는 것도, 일시적인 열정만으로 이어지는 것도, 모두 다 사랑의 한 가지 형태이다. 그것을 깨달았을 때 이제까지 힘들고 괴로웠던 기억이 자신을 격려해 주는 것으로 바뀌었음을 감지했다.

이 책『사랑이라는 이름의 모든 관계에 지친 당신에게』(원제: 愛と家事)는 사진작가인 우에모토 이치코 씨의 독립 출판물인『이루어지지 않는다』에 촉발되어 썼다.

이혼 분쟁으로 몹시 힘들었을 무렵, 가케쇼보(독특한 외관이 인상적인 교토의 지역 서점이었으나 현재는 폐업했다. _옮긴이)에서 우에모토 이치코 씨의 첫 번째 책인『일하라 ECD』(뮤직 매거진)을 심봤다는 심정으로 구매해 정신없이 몰입

해 읽었다. 내 멋대로 우에모토 씨의 생활에서 대리만족을 느꼈다. 그리고 두 번째 책인『이루어지지 않는다』(타바북스)를 통해 이상적이라 생각했던 한 가정의 균열을 알게 되고, 어떤 가족에게도 좋은 점만 있는 것은 아니라는 당연한 사실을 깨달았다. 그리고 나도 언제까지고 잃어버린 것들만 보고 있어서는 안 되겠다고 자각하기 시작했다.

이 세상에는 무수한 '사랑'과 '가사노동'이 있다. 그리고 그 양쪽 모두가 누구에게도 침해당하지 않을 '사랑'이며 '가사노동'이다. 그 하나하나가 모두 존귀하다. 나의 '사랑'과 '가사노동'은 그중 한 가지에 지나지 않는다. 이 책을 읽어주신 독자 여러분이 자신의 인생을 무대로, 자신의 이야기를 엮어 주시기를 바라마지 않는다.

마지막으로 추천문을 써 주신 우에모토 이치코 씨, 책으로 나오기까지 많은 도움을 주신 출판사 관계자 여러분, 독립출판물에서도 대중 서적에서도 멋진 일러스트를 그려 주신 fuuyanm 씨께도 이 자리를 빌어 감사의 말씀을 전합니다.

2017년 11월 22일

작가 소개

오타 아스카

1982년 효고현 아와지섬 출생. 프리랜서 편집자이자 기고가. 나라여자대학 대학원 인간문화연구과 박사전기과정 수료. 몇 군데의 출판사에서 근무한 뒤, 현재는 프리랜서 편집자 겸 기고가로서 주로 간사이 지역에서 일하고 있다. 저서로『복지시설에서 만든 귀여운 잡화서』(이토 사치코 공저. 니시니혼 출판사)가 있다. 2015년부터 2년간 남편의 파견 근무로 캐나다 밴쿠버로 이주했다. 밴쿠버 체재 중에 첫 번째 결혼, 실연, 어머니와의 갈등을 엮은『사랑과 가사노동』을 개인잡지 ZINE으로 발행. 귀국 후, 일본어 교사 자격증을 취득해 일본어 학교 교단에도 서고 있다. 현재, 『직업 문맥』(타바북스)에서 「35세부터의 헬로 워크」를 연재 중이다.

역자 소개

김영주

일본어 전문 번역가. 상명대학교와 한국외대 대학원에서 일본어 교육과 일본 문학을 공부했다. 다년간 일본에 거주하며 본격적인 번역가의 길을 걷기 시작해 많은 작품을 번역했다.

현재 장안대학교에서 일본어를 가르치며, 일본 문학을 비롯한 다양한 장르에서 전문 번역가로 활동하고 있다.

옮긴 책으로『이제 나부터 좋아하기로 했습니다』, 『퍼스널 브랜딩』, 『애덤 스미스, 인간의 본질』, 『부러지지 않는 마음』, 『구깃구깃 육체 백과』, 『세 평의 행복, 연꽃 빌라』, 『일하지 않습니다』, 『그림으로 보는 세계문학』, 『시간을 달리는 소녀』, 『파프리카』 등이 있다.

사랑이라는 이름의 모든 관계에
지친 당신에게

愛と家事

초판 1쇄 인쇄 2018년 11월 25일
초판 1쇄 발행 2018년 11월 30일
지은이 오타 아스카
옮긴이 김영주
펴낸이 민정홍
펴낸데 이노다임북스
디자인 이로울리디자인 김지태
등록 제324-2014-000049호
주소 서울시 강동구 고덕로 97길 29
전화 02-426-7960
팩스 070-4130-7960
전자우편 innodigmbook@naver.com
블로그 http://blog.naver.com/innodigmbook

ISBN 979-11-953633-6-0 23830

- 잘못된 책은 구입처에서 바꿔드립니다.
- 책값은 뒤표지에 있습니다.